女の数だけ武器がある。

たたかえ! ブス魂

ペヤンヌマキ

女の数だけ武器がある。

たたかえ！　ブス魂

はじめに

ペヤンヌマキと申します。女です。職業はというと……ＡＶ監督をやってます。そして「ブス会＊」という演劇ユニットを主宰してます。今年37歳で独身です。

女でＡＶ監督でブス会？　初めて聞いた方は何がなんだか、ちんぷんかんぷんだと思います。私自身も初対面の人に自分のことを説明する時、いつも戸惑ってしまいます。とにかくややこしいのです。

何がややこしいかってまず、女でＡＶ監督だということ。女性の職業としてＡＶ監督ってどうなのよ？（まだ「ＡＶ女優やってます！」というほうがわかりやすいですよね）さらに、ブス会って何なのよ？　そして、37歳で独身……。

そんな自己紹介するだけでもややこしい私が、こうやって本を出すことになったわけですが、この本は仕事も私生活も充実したステキな人生を送っているキレイな女性が、オシャレなライフスタイルを紹介するというような本では決してなく（誰もそんな本だと思って手に取ってないと思いますが……）、そんな女性に憧《あこが》れるが決してなれない星の下に生まれた私ペヤンヌマキが、幼い頃から培ってきた様々なコンプレックス（ブス、地味、存在感がない、誰からも注目されない、自分の言いたいことをはっきりと言えない、人の目が気になる、女が怖い、男がわからない、モテない、イケてない……ｅｔｃ.）、それらをエロの世界で働くことで克服した経緯を綴ったものです。

さらには、人にバカにされたり軽んじられたり嫌な目にあう度に心のデスノート通称〝ブスノート〟に刻み込んできた怨念《おんねん》の数々を「ブス会＊」という舞台の形に昇華するまでの道のりも綴っています。そして、女37歳にして独身というあまり笑えない状況でも、なんとか明るく生きていこうと試行錯誤中の現在についても語る、非常に前向きな本であります。

思えば「ブス」という言葉は思春期の私には、ものすごい恐怖の言葉でした。

背後から誰かの笑い声が聞こえてくる度に、自分が「ブス」だと指さされて笑われているような気がしてなりませんでした。

頭がよくてもブス、性格がよくてもブス、仕事ができてもブス……ｅｔｃ.「ブス」という言葉は、女にとって、あらゆる要素をマイナスに変えてしまう。そのことに気づいた時、絶望的な気持ちになりました。

そんな私を救ってくれたのが、エロの世界でした。そこのところ詳しくは本文で書きますが、エロの世界で働くことによって、己のコンプレックスを晒《さら》して認めることで楽になること、コンプレックスが強みになることを知りました。

ところが、神様はいくつもの試練を女に与えるのですね。エロの現場で思春期からのコンプレックスを解消できたと思った矢先、私に新たなコンプレックスが襲ってきました。それは女であるがゆえの悩み。三十路《みそじ》になって、独身、子供なし……。「ブス」と呼ばれる恐怖が消えた時、次に現れた「惨めなオバちゃん」と思われる恐怖。だけど、どんなにつらいことや嫌なことがあっても、ネタにして笑い飛ばしてしまえば救われる。そのことに気づいた私は「ブス会＊」という名の演劇ユニットを立ち上げ、今に至ります。

ところで今、世間的にも女子会のことを「ブス会」と呼んで楽しんでいる女の子たちが増えたりして、「ブス」という言葉はもはやネガティブな言葉ではなく、カジュアルに使われるようになってきました。「ブス」という言葉が恐怖でなくなった世界では、女はより強く前向きに生きていける気がしています。

本書のサブタイトルにある「ブス魂」とは、ひと言で言うと誰もが持っている「女性特有のコンプレックス」のことです。でもこの「ブス魂」はネガティブな意味では使っていません。生きづらい女の道だからこそ、なんとかポジティブに乗り切ろう。そんな女の原動力こそが、「ブス魂」だと思うのです。

そんな私の「ブス魂」のお話にしばしお付き合いください。私の経験が少しでも読者のみなさんのお役に立ち、「ブス魂」が救われることを祈って……。

「ブス会＊」とは？

2010年、AV監督としても活動するペヤンヌマキが、舞台作品を上演するために立ち上げたユニット。ペヤンヌマキとその友人たちが、女だけで集って愚痴や自慢をぶちまけまくる飲み会を「ブス会」と呼んでいたことに端を発する。劇団員を持たず、ペヤンヌマキが毎回好きなメンバーを集めて作品を上演。女の実態をじわじわと炙り出す作風を得意とし、回を追うごとに話題を呼ぶ。立ち上げ当初は、出演者は全員女で、女同士の関係における醜くも可笑しい〝ブス〟な実態を群像劇として描くのが特徴だったが、近年は男も登場させ、様々なアプローチで〝女〟を描いている。

第1回ブス会＊

『女の罪』

女の数だけ罪がある……

とある街のカラオケスナックに集まったワケあり女5人の一夜。

2010年7月29日〜8月10日

リトルモア地下

脚本・演出　ペヤンヌマキ

出演

安藤聖／岩本えり（乞局）／玄覺悠子／大樹桜／仲坪由紀子

第2回ブス会＊

『淑女』

〝女〟と〝オバサン〟の間で揺れ動く女たち—

清掃会社の休憩室を舞台に、女だけの職場で巻き起こる女4人のみみっちい人間模様。

2011年4月17日〜5月3日

リトルモア地下

脚本・演出　ペヤンヌマキ

出演

岩本えり（乞局）／遠藤留奈（THE SHAMPOO HAT）／望月綾乃（ロロ）／もたい陽子

第3回ブス会＊

『女のみち2012』

すべての賞味期限切れ女に捧ぐ

—

AV撮影現場の控え室を舞台に、いつまでも若くはいられないAV女優たちの生きるみちを描く。ポツドール特別企画『女のみち』の6年後の話。

2012年10月11日〜14日

下北沢ザ・スズナリ

脚本・演出　ペヤンヌマキ

出演

安藤玉恵／内田慈／もたい陽子／高野ゆらこ（毛皮族）／松本まりか／尾倉ケント／仗桐安

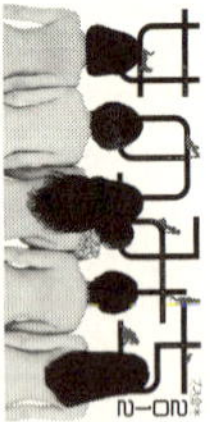

第4回ブス会＊
『男たらし』

男たらし、たらしたつもりがたらされて——
男遊びに興じた20代を過ごし、30歳目前にして安定した幸せを求める女が、とある小さな会社に入社する。そこには、問題だらけの5人の男（ゲス）たちがいた。ブス会＊初の、女と男（ゲス）たちの物語。

2014年1月29日～2月4日
下北沢ザ・スズナリ
脚本・演出　ペヤンヌマキ
出演
内田慈／古屋隆太（青年団、サンプル）／大窪人衛（イキウメ）／佐野陽一（サスペンデッズ）／松澤匠／金子清文

第5回ブス会＊
『女のみち2012 再演』

ブス会＊の代表作、初の再演。AV女優たちの控え室を舞台に、嫉妬や確執で渦巻く女社会の中で、年齢を重ね様々な悩みを抱えながらも逞しく生きていく女たちの姿を描く。

2015年5月22日～31日
東京芸術劇場シアターイースト
脚本・演出　ペヤンヌマキ
出演
安藤玉恵／内田慈／もたい陽子／高野ゆらこ／松本まりか／尾倉ケント／仗桐安

第6回ブス会＊
『お母さんが一緒』

女の実態を描いてきたブス会＊初の、血縁関係に迫る新作。母親を温泉旅行に連れてきた三姉妹。親孝行のつもりが……

2015年11月19日～30日
下北沢ザ・スズナリ
脚本・演出　ペヤンヌマキ
出演
内田慈／岩本えり／望月綾乃／加藤貴宏

目次

2章　エロの現場で出会った女たち

3章　親と思春期とブス

4章　ブスは救われたけど、男が遠のいた〜三十路への道〜

5章　生きづらい女の道をポジティブに乗り切れ！

文庫版書き下ろし

1章

エロの仕事をして、
自分の中のブスが救われた

バイブを忘れて泣いてるところを撮影され、人生終わったと思った

あれは2000年、23歳の春。私は人生終わったと思いました。

AV撮影中のスタジオの片隅で、ピンクローター片手にプルプル震えながら泣いている私に、一台のカメラが向けられていました。

ADとして初めて付いた現場で、私は重要な小道具であるバイブを忘れてしまったのです。前日に準備したはずのバイブは小道具バッグの中をいくら探しても見つからず、そこにはピンク色のローターがただ一つ、ぽつんとあるだけでした。

「ローターじゃダメですかね……?」

恐る恐る監督に尋ねると、

「バイブじゃないとダメなんだよ！　次のシーン撮影できないじゃないか、どうして

くれるんだよオマエ」

恐ろしい顔をした監督に詰め寄られてパニック状態に陥ってしまった私は、ローター片手にただシクシクと泣くことしかできませんでした。

すると突然、監督が黙って私にカメラを向けてきたのです。あまりに予想外の事態に頭が真っ白になり、撮らないでください、とも言えず、私はただただ泣いているところを撮影され続けました。

そしてその映像は、〝バイブを忘れて泣く新人女AD〟として、AVの作品中に使われました（AV女優がメインのAVで、ただのいちADである私がなぜ被写体になったのかについては後述します）。バイブを忘れて泣いている惨めで滑稽《こっけい》な自分の姿がAVに映って全国に出回ってしまう。そんな恥さらしなことがあるだろうか。

私はその時、人生終わったと思ったのでした。


大学を卒業して1年くらい経《た》った頃でした。学生時代から演劇をやっていた私は、就職もせず退屈なアルバイト生活を送っていました。生活費を稼ぐだけで過ぎていく毎日に限界を感じていた頃でした。そんな時にインターネットでたまたま見つけた

「アダルトビデオのスタッフ募集」の告知。

「エロを仕事にするなんて、なんだか面白そう」。そう思ったのは、特殊な世界を覗《のぞ》き見したいという好奇心と、何者でもない自分の平凡な人生を変えてくれる何かがあるかもしれないという漠然とした期待が心のどこかにあったからでした。

短期間のアルバイトのつもりで面接を受けたら、なんと社員として採用され、私はAV制作会社シネマユニット・ガスに入社したのでした。

でも、特殊な世界に何も考えず飛び込む度胸はあっても、出演までする覚悟はない、中途半端な度胸でした。カメラの前で脱がされたわけでもなく、ただバイブを忘れて泣いているところをちょこっと撮られただけなのに、本気で人生終わったと思ったのでした。もちろん、そんなことなんかで人生は終わらないのだけれど。

初めてのAV撮影現場で、初めて見るAV女優とAV男優のセックス。それ自体には全く動じず、むしろ興味津々に見ていた私は、自分にカメラを向けられて初めて、気づいたのでした。

とんでもない世界に足を踏み入れてしまったのかもしれない。

エロの世界には どうしても私を惹きつける何かがあった

ところで、どうしてその時、監督はＡＤの私なんかにカメラを向けたのでしょう？

その撮影は、ある女優のデビュー作でした。白いワンピースを着た女優がきれいな草原で遊んでいるイメージ映像から始まって、簡単なインタビュー、そして男優とセックスするという、オーソドックスなＡＶの流れのはずでした。それなのに、なぜかバイブを忘れて号泣する新人女ＡＤの私がそこに登場する。そんなＡＶをいったい誰が観たいというのでしょう？

最近ではもうほとんど見かけなくなってしまいましたが、当時はただセックスが映っているというだけでなく、ドキュメンタリー作品として面白く観られるＡＶがあり、シネマユニット・ガスはそういう作品を得意とする制作会社でした。

「なぜ彼女はAVに出るのだろう?」」。そんな哲学的なテロップからいきなり始まったりして、エロそのものというよりも、エロを通した人間ドキュメンタリーという感覚でした。

監督の高槻彰さんは、現場で突然泣き出した私を見て、新人AV女優の心の葛藤《かっとう》を新人女ADの視点から描くという構成を瞬時にして思いついたようなのでした。そういう現場で起こるハプニングを生かして作品にしていく手法だったのです。

高槻さんは〝ドキュメンタリーAVの鬼才〟と呼ばれる大監督で、シネマユニット・ガスの社長でもありました。ただのフリーターだった私をいきなり社員として採用してくださった奇特な方です。一見、社会科の先生みたいに真面目な風貌《ふうぼう》ですが眼光だけは鋭く光っていて堅気の人間でないことを物語っていました。

入社してしばらく経ったある日、高槻社長に呼び出され、「ハメられ撮りをやってみないか?」と真剣な顔で提案されたことがありました。ハメられ撮りとは、いわゆる〝ハメ撮り〟の逆バージョンで、私が自らカメラを持って男優と二人きりでセックスする作品を撮らないか? ということでした。自分がカメラの前で裸を晒してセックスするなんて、とんでもない。私は震え上がりました。

なぜスタッフなのにそんなことを提案されるのか？　と思われるかもしれませんが、当時のＡＶの撮影現場では、男のＡＤは男優をやったりハメ撮りをしたりすることがよくあったのです。私が女だからといって、出演しなくて当たり前みたいな感覚でいられるほど甘い世界ではありませんでした。実際に強要されることはありませんでしたが、同じ仕事をしていて自分だけが体を張っていないという引け目を感じることがよくありました。

それならわざわざそんな異常な世界に入らなければいいのに。そう思われて当然です。だけど、私はその世界から立ち去ることができなかった。ＡＶの世界には、どうしても私を惹《ひ》きつける何かがあったのでした。

なんでAVに出るの？

　AVの制作会社の新入社員となった私の仕事は、撮影現場でのアシスタント業務、撮影がない日は事務所での雑用係でした。私が最初に任された仕事は、会社のコピー機の横に積まれた大量のB5用紙に貼《は》られている裸の女の生写真を、紙が破れないように丁寧に剝《は》がしていくという作業でした。いったい何かというと、引退したAV女優の宣材用紙（当時はB5用紙に生写真が糊《のり》で貼ってあるのが主流でした）を、コピーの裏紙として再利用するための作業なのでした（社長の高槻さんはエコなのです）。剝がした写真はシュレッダーで処分するのですが、私はそこに写った裸の女たちを一人一人見ていくのが好きでした。自分には女としての魅力や、男に欲情されるような美しさも色気もない。自分とは正反対の、男から求められるAV女優という人種はどんな女たちなのだろう、という暗い好奇心があったのです。

　アイドルみたいに可愛《かわい》い子もいれば、そんなに可愛くない子もいる。巨乳の子もいれば貧乳の子もいる。若い女の子ばかりでなく、自分の母親くらいの年齢の人までいる。写真の下には芸名と年齢、スリーサイズと、「趣味フェラチオ」「特技セックス」などと書かれていました（そんな趣味と特技、初めて聞いた……）。

その宣材用紙の山は、剝がせど剝がせど、毎日どんどん積み重なっていき、全く終わりが来ない作業でした。それほどたくさんのＡＶ女優が日々辞めている。それと同時に、事務所にはマネージャーに連れられた女の子が、毎日のように面接にやって来る。

そこにはいろんな人がいました。単純にお金が欲しくてという人から、飯島愛さんみたいに有名になりたいという人、セックスが好きでしょうがなくてという人、大勢の人と入り混じる「スワッピング」趣味の旦那に勧められてという人妻、ありとあらゆる風俗を渡り歩いてきて、まだやっていないのがＡＶだったからという風俗嬢、出産費用を稼ぐためという臨月の妊婦さんまでいました……。見た目も理由も十人十色。私が思い描いていたＡＶ女優のイメージとはほど遠い、地味で普通っぽい女の子もいました。

そのなかでも特に私が驚いたのは、「セックスが好きで仕方がない」という理由で女優になる人でした。本命の彼氏もいて、セックスフレンドも何人もいて、それにも飽き足らずAVでいろんなセックスを体験してみたいと言うのです。

「プライベートだと3P以上ってなかなかできないじゃないですか」

そうあっけらかんと言ってのける、見た目は普通の女子大生。私は思わず、「すごいですねえ」と言ってしまいました。


当時の私は、自由奔放にセックスを楽しんでいる人たちを軽蔑《けいべつ》しているところがありました。セックスは嫌いではなかったのですが、好きな相手としかしてはいけないもの、というか彼氏以外の人としたいなんて考えたこともないし、浮気なんてもってのほか、という考えを持っていました。それは私がその時付き合っていた彼氏としかセックスをしたことがなかったからであり、自分の欲望に蓋《ふた》をしていたのでしょう。だから欲望に忠実に行動している人たちに嫉妬《しっと》していたのだと思います。

エロの世界に入ったもう一つの理由

男性経験たった一人の堅い貞操観念を持った女が、なぜエロ業界で働こうと思ったのか。平凡な生活から抜け出したいという思いに加えて、心の奥底には、もう一つの複雑な感情が蠢《うごめ》いていたのです。

私が唯一セックスをした相手、すなわち当時の彼氏は、私が生まれて初めて付き合った男性でした。大学1年生から付き合い始め、その時は付き合って4年目になろうとしていました。

自然に好きになった相手と運よく両想いになり付き合うことになって、1ヶ月くらいデートを重ね、そして初セックス。私の初体験は、そんなごく普通のものでした。それまで男にモテたことはなく、容姿にも自信がなく、こんな私を女として好きになってくれる人は誰もいないのではないかと悩んでいたのですが、生まれて初めて彼氏ができたことによって、私はそれまでの人生で味わったことのない幸福の絶頂にいました。

私は彼のことが好きで好きで、彼との関係はとても良好でした。セックスがなくなるまでは……。


付き合って3年目、私たちは完全にセックスレスになっていました。

私が誘っても、彼のほうが「今日は疲れているから」と断るようになり、気がつけば半年も何もない状態が続いていました。仲は良いけれど、性的な接触は一切ない老夫婦のような関係。「私に魅力がないからかな?」。セックスがなくなると女としての自信が一気に失われ、不安で不安で仕方なくなりました。性欲からというよりも、女として求められているという確証が欲しくてセックスがしたかった。

「疲れた」と背を向けて寝る彼を見ながら、「彼は今自分の目標に向かって頑張っていて、セックスどころではないんだ。それなのに私はセックスのことばかり考えて、なんてダメな人間なんだ」と自己嫌悪にもなりました。彼は常日頃から「女なんかどうでもいい、自分のやりたいことが一番」と言っているようなストイックな性質の男で、私はそういう彼が好きでした。だからセックスがなくなっても、彼は普通の男より性欲が薄い人だから仕方ないと思うようにしていました。

そんな悶々《もんもん》とした日々が続いたある日、私は彼の財布から風俗店のメンバーズカードを発見したのです。

一気に地獄のどん底に突き落とされました。

「なんでこんな酷《ひど》いことするの？」と詰め寄る私に、彼は「バイト仲間との付き合いで行っただけだから、プレイはせずに話だけして帰ってきたよ」と言いました。

わざわざお金払ってそんな場所に行って、話だけして帰るってことあるの？

そうツッコミたい気持ちは山々でしたが、その時はショックのあまり、彼が風俗に行った事実が嘘《うそ》であってほしいという思いのほうが強くて、彼氏の「プレイはしていない」という言葉を信じることにしました。

しかしその数ヶ月後、彼氏の財布からまた例のメンバーズカードが発掘されたのでした。しかも前回からスタンプかなり増えてるし！　あと1個で割引だし！　常連客であること間違いなし、なのでした。

生まれて初めてできた大好きな彼氏が、どこの馬の骨ともわからぬ風俗嬢とエロ行為をしていたかと思うと、腸《はらわた》が煮えくり返る思いでした。

そして、その怒りはなぜか彼氏よりも風俗嬢のほうに向かいました。そもそも、風俗なんかで働く女がいるからいけないんだ。私のセックスを返せ！　と会ったこともない風俗嬢に対して勝手に恨みを持ちました。風俗嬢＝私のセックスを奪う憎い女。そういう図式が私の頭の中で描かれたのでした。

そして、その目に見えぬ風俗嬢は、美人でスタイルもよくて、全ての男に欲情されるような、私とは正反対の女で、ほんとは彼氏は、そういう女が好きで付き合いたいと思っているのではないか？　そういう不安が一気に襲ってきました。唯一自分を女として認めてくれていたはずの彼氏に風俗に行かれたことで、昔からずっと抱えていた女としてイケてないというコンプレックスがそっくりそのまま戻ってきたのでした。

「風俗行くなんてたいしたことじゃないから」

彼氏はこうも言っていました。

そんなことを言われても、私は風俗がどんな場所なのかも知らないし、たいしたことじゃないなんて全く思えません。風俗がどんな場所なのか知ったら、彼氏が風俗に行くなんてたいしたことないと思えるのかな？　でも、女が風俗を知るには風俗嬢になるしかありません。

だから私はいっそのこと風俗で働こうかとも思いました。でもそんな勇気はなかった。女としての自信を完全に喪失した私は、自分が風俗嬢として通用する女ではないという思いと、そんな落ちぶれた女になりたくないという風俗嬢に対する軽蔑とがないまぜになっていました。

また、彼氏はAVも隠し持っていて、私はそれをこっそり観たことがありました。そこに映っているAV女優に彼氏が欲情しているのかと思ったら、AV女優に対しても嫉妬の気持ちが芽生えました。私の中で、風俗嬢もAV女優も同じで、「女を売り物にできる女＝私とは正反対の女＝敵」という感覚でした。それも目に見えぬ敵。目に見えぬものが敵というのは苦しいものです。その敵と思っている女がどんなものなのか、その実態を知ったら楽になるんじゃないか？　そんな思いもありました。

大好きな彼氏が風俗に行っている事実がつらすぎる。でも彼を嫌いにはなれない。だから彼氏が風俗に行っても平気な女になりたい。

そんな時にちょうどＡＶのスタッフ募集の告知を見たのです。
ＡＶの現場で働いたら、彼氏が風俗に行っても平気な女になれるかもしれない。
それが、私がエロ業界に入ったもう一つの理由でした。

女を品定めする立場になって

そんな思いを抱えながらAVの世界で働き始めた私ですが、AV女優にもいろんなタイプがいるということを知ったのでした。

AVの撮影では、一日に何人もの女の子を撮ることもあって、当時、そんな撮影の後は決まって「今日いたモデル（AV業界では女優のことをなぜかモデルと呼ぶ）の中で誰が一番タイプだった？」とかいう話が男優や男性スタッフの間でされていました。パッケージでセンターを飾るような売れている子が当然一番人気だろうと思っていたら、そうでもありませんでした。目鼻立ちがくっきりしていてモデル体型の長身美女を「ニューハーフみたいで萎《な》える」と言う人もいたり。私がこれまで羨《うらや》んでいた、なりたくてもなれなかったような美女が、全ての男から好かれるというわけではありませんでした。

その一方で、私が心の中で密《ひそ》かに「ミニラ」と呼んでいた小柄でぽっちゃりした怪獣顔の子が意外と人気だったり、一見地味で女優っぽくない子が、エロくていいと言われていたり、男の好みって様々なんだなーということに気づくのでした。

それから、どうやら男は、美人というよりもエロい女が好きなようでした。いくら整った顔をしていても色気がない子はあまり人気がなく、ちょいブスでもエロそうな雰囲気があれば好かれていました。

それは、ブスにとっては希望の持てる話でした。

「女は容姿が全て。美人に生まれなかった時点で負けの人生」

子供の頃から漠然と植えつけられていた思想。この思想のせいでどれだけ生きづらい思いをしたことか。女は、美人じゃなくてもスタイルがよくなくても、エロければ魅力的に見える。そういう基準もあるということに気づいた途端、ものすごく心が楽になりました。「エロ」に救われたのです。

そしていつしか私は、男たちに混ざって、女の子たちを好き放題に品定めしていました。今まで嫉妬していたような可愛い子にも「あの子、顔は可愛いけどなんかエロくないですよね」と上から目線。男たちの仲間に加わって、女を品定めするのが楽しかった。

監督になってからは、宣材写真を見て「このレベルだと厳しいっす。もっと可愛い子いませんか？」とマネージャーに断りの電話を入れたり。自分の容姿は完全に棚に上げて。だけど私が「オマエ、自分の顔見てから言えよ」と言われることはない。なぜなら私がＡＶ女優ではないから。

ＡＶ女優という仕事は、裸やセックスを人前で晒すというだけでなく、自分の女としての価値に値段が付けられるというシビアな仕事なのだということがわかりました。

私がもしＡＶ女優になったとして、監督やスタッフたちから「このレベルだと厳しいっすね」などと言われたとしたら立ち直れないと思うのです。そんなふうに言われたくないから、撮る側になったというのもあるわけで。女として同じ土俵で張り合おうとしたら、頭がクラクラするようなところを、自分だけ特権的な立場＝女を品定めする立場に立つことによって、妙な優越感に浸ることができたのでした。

その一方で、スタッフという立場で、周りから女として扱われていなかった私は、

「品定めされる立場に立ってみたい＝女として見られたい」という欲望は心のどこかにふつふつとあったのでした。

彼氏が風俗に行くのは、自分に魅力がないから？

前にも書いたように、私は初めてできた彼氏に風俗に行かれ、地獄のどん底に突き落とされました。その時は、自分に女としての魅力がないから彼氏に風俗に行かれたのだと思っていました。

ＡＶ業界で働いていると、いろんな男の本音を聞く機会があります。女の好みの話もそうですし、どういうセックスが好きなのかなど性癖の話もそうです。普段、彼氏には聞けないようなことを聞くことができた中、風俗の話題も出てきました。

風俗に行ったらハズレの女が来ただの、どこそこのヘルスにお気に入りの子がいるんだけど友達もその子とヤってて兄弟だっただの、ついにニューハーフヘルスに行ってそこの〇〇ちゃんにハマってしまっただの、ＡＶ業界で働くに当たってソープに行って童貞を卒業してきただの……男たちは風俗に行った話をするのが大好きなのでした。女が彼氏自慢をし合うみたいな感覚なのでしょうか？（そういえば男が彼女自慢

をし合うところはあまり見ませんね）

そんな男たちの話を総合すると、どうやら、どんな彼女であろうと風俗に行く男は行く、行かない男は行かない、という結論に至りました。また、男の夜の遊び事情がよくわかってない時は、風俗に行く男はキャバクラにも行くと思っていて、「風俗やキャバクラ＝浮気」という考えで、その二つがごっちゃになってるところがありました。だけど、キャバクラ好きの男と風俗好きの男は相反することもわかりました。

男は大きく三つのタイプに分類されます。キャバクラ好き。風俗好き。そして、どちらも行かないという人。

キャバクラ好きは、女の子とおしゃべりして口説く過程を楽しみたいタイプ。風俗好きは、口説くことには興味ないめんどくさい、てっとり早くエロ行為をしたいタイプ。ただ、風俗好きにもいろいろあって、ソープ派、ヘルス派、ピンサロ派などに分かれます。ソープ派は単純に本番がしたい。ヘルス派は本番NGの女を口説いてセックスまで持ち込むのが楽しい。ピンサロはただ射精できればいい。

後で判明したのだけれど私の彼氏が通っていたのは激安のピンサロでした。そう、ただ射精できれば満足の人だったのです。それがわかっただけでも、心がスーッと楽になったのでした。

ちなみにキャバクラにも風俗にも全く興味がないという男の中に、一番たちが悪い男がいました。それは、合コンなどで素人を口説いてセックスするのが大好きという男です。そういう男は彼女がいても平気で浮気しまくるタイプです。そんな男を彼氏に持ったら、職場や行く先々で女を口説いていそうで気が気でないと思います。それよりは風俗好きの彼氏のほうが、まだ安心できるような気もしました。

男はたくさんの異性にばらまきたい生き物だという説も、ＡＶ業界の男たちを見ていたら納得がいきました。一日に何回も立て続けにセックスしなければいけない男優の場合、同じ女優と何回もするとなるとどんなに可愛い子でも2回目以降は勃《た》らが悪くなるけれど、違う女優（容姿が悪くても、年齢が高くても）とだったら、何度でも勃起するという人もいたのです。

彼氏は私とのセックス（無料）よりも風俗嬢のサービス（有料）を選んだ……と惨めな気持ちになっていたけれど、彼氏は私以外の女だったら誰でもよかったのではないか。私が彼氏に風俗に行かれてしまう魅力のない女なのではなく、彼氏が単に風俗好きだっただけ、と思えばあの頃の惨めな気持ちも笑い飛ばせました。

エロに救われるブス

ところで、ＡＶ監督というのは、会ったばかりの女の子に、初体験の話や経験人数、どんなセックスが好きなのかなど、普段の生活だとかなり深い間柄になってからではないと聞けないようなことを、単刀直入に聞くことができます。そして、その日会ったばかりの人間の、裸やセックスを撮ることが仕事です。

私はＡＤの仕事をしながら、そういう普段なかなか見られない人間の恥部を見られることが、面白いなと感じていました。

そんな中、ある日社長に言われました。

「オマエはどんなＡＶが撮りたいんだ？」

そう聞かれて、ＡＶ監督になりたくてこの業界に入ったわけではない私は、何も答えることができませんでした。ＡＶ監督には、とにかく女とセックスがしたくてハメ撮り監督になった人や巨乳好きが高じて巨乳ものの監督になった人、中出しが好きでしょうがなくて中出しものの監督になった人、好きな女の子に浣腸《かんちょう》したいという願望をカミングアウトしてスカトロものの監督になった人もいました。また、女というよりも着ているものに欲情するという人もいて、例えばボディコンとTバックを身につけていればどんな女にでも欲情するという人は、ボディコンものやTバックものを撮っていたりします。

「どんなAVが撮りたいのか？」ということは、「どんなセックスが好きなのか？どんなことをエロいと思うのか？　どういう性癖があるのか？」ということを問われているのでした。

普段AV女優に気軽にしていた質問が、自分に突きつけられたのでした。

でも、その時の私は、自分がどんなセックスが好きなのか、どんな性癖があるのかなんてわかりませんでした。自分の欲望に蓋をしていたし、コンプレックスをひた隠しにしていました。そういう自覚すらもありませんでした。

他人の恥部は覗きたいけれど、自分のことを晒すのはとんでもないと思っていました。だから、いざ「オマエはどうなんだ？」と自分のことを聞かれると一気にひるんでしまう。それは、あの初めてのAV現場で完全に傍観者だった私が自分にカメラを向けられた途端に「人生終わった」と思ったことに象徴されていました。

会ったばかりの他人の前で裸やセックスを晒してくれる人たちと対等に向き合うには、撮っている側の人間も己の恥部を晒さないといけないところがありました。ただの傍観者には、相手は心を開かない。

面接で「乱交がしたくてAV女優になった」という女の子に、私が思わず、「すごいですねえ」と言った時、社長に怒られました。

「オマエは自分だけ安全な場所にいて人を傍観している。それが気に食わない」

「じゃあ、なんて言えばよかったんですか？」

「そういう時は、〝いいですねー私もやってみたいです〟って言うんだよ」

「でも、私、乱交したいと思ったことないし」

「そういう、私だけは違うんですって顔してるところがムカつくんだよ」

それから私は、とにかく面接で女の子がどんな過激な発言をしても、「すごいですね」ではなく、「いいですねー私もやってみたいです」と言うようにしました。そうすると不思議なもので、そのうち自分のことも少しずつ話せるようになっていきました。

ある時、今までに見た一番エロい夢の話をしたことがありました。それは、フェリーに乗っている時に見た夢でした。いろんな人がごろ寝状態のフェリーの客室で、近くで寝ていたガラの悪い労働者風のオジサンたちの荷物に足がひっかかってしまい、「荷物を蹴《け》った」といちゃもんを付けられ取り囲まれた私は、このまま殺されるよりヤられたほうがましだと思い、オジサンたちにフェリーの客室で輪姦《りんかん》されてしまう、という夢でした。そんなハードな夢をなぜかエロい夢として認識していたことを初めてカミングアウトしたのでした。

すると、「オマエが一番エロいじゃないか。オマエこの仕事向いてるよ」と社長。

私は初めて社長に褒められたのでした。

そういえば、私は思春期の頃から地味で男子とろくに話せないくせにエロには興味津々で、近所の山からエロ本を拾ってこっそり読んだり、親が隠し持っていたAVをこっそり見て悶々としたり、自分はムッツリスケベだったんだということに気づいたのでした。そしてそんなことは普段の生活で言える場なんてなかったし、隠さなければいけない恥ずかしいことだと思っていました。彼氏とセックスレスになった時も、セックスしたいと思う自分はダメな人間だと思っていました。

そういったことを人前で言って、それを「エロい」と褒められたら、なんだかすっきりしました。

エロくていいんだ。

エロの世界では、エロいことが一番なんだ。

存在感のなさが強みになった

エロの現場で働くうちに、自分の長年のコンプレックスが解消される出来事が次々と起こりました。

3章で詳しく書きますが、私がもともと抱えていたコンプレックスに、〝存在感がない〟というのがありました。地味な顔立ちのせいか、前に何度も会った人に顔を忘れられていたり、その場にいることすら気づかれていなかったり。しかし、この存在感のなさが生かされる時があったのです。

ADを始めてしばらくして、「素人ナンパもの」と呼ばれるAVが流行《はや》った時期がありました。街を歩いてる素人の女の子に声をかけてAVに出演させてしまうというものです。声をかけて交渉するところから全てカメラを回して、素人の女の子がAVに出演するまでの過程を楽しむような内容のもの。

監督から、「オマエやってみろ」といきなり命じられ、女の子に声をかけるナンパ師につくカメラマンをやらされた時のことです。AV監督には濃いキャラの人が多く、ロン毛だったり金髪だったりピアスがいっぱいついていたり、ものすごいコワモテだったり、見た目は普通でもどこか怪しい業界臭が漂っていたりします。そんな男がカメラを回しながら近寄ってきたら、「何撮ってるんですか？　カメラ回さないでください」となるのですが、それが私の場合、全く何も言われなかったのです。

単に女だから警戒されないというところもあるのですが、それよりも、存在感がなさすぎてカメラを持った私がいることにすら気づいていない人がほとんどだったのです。そのため、素人の女の子に声をかけてAV出演を口説いていく過程を相手に気づかれることなく臨場感ある映像でとらえることができました（もちろん、後から女の子には使用許可をもらいます）。

このことはAV撮影ではかなりの強みになりました。

シネマユニット・ガスには高槻さんの他に、平野勝之さんという監督がいました。平野さんは、「鬼畜系AV監督」として名の知れた方で、数々の面白いドキュメンタリーAVを撮っていました。そんな大監督ゆえに、平野さんがカメラを持って迫ってくると独特の威圧感があって、女の子によっては警戒されてしまうこともよくありました。

平野さんは、人の特徴を見抜いて上手《うま》く生かすことが得意な人だったので、私の存在感のなさに目をつけて、「オマエちょっと撮ってこい」と女の子の本音を探るスパイのような役割を私に与えました。私の小動物のようにおとなしそうな雰囲気が相手を油断させるのか、私がカメラを回していても、今まで撮影用のキャラクターを演じていた女優がポロッと本音を言ったりして、それがドキュメンタリーの撮影では効果的でした。カメラの技術は全くありませんでしたが、他の人が入れないようなところに入っていく潜入カメラマンとして、かなりの需要があったのです。それで、平野さんが撮るドキュメンタリーの撮影で、カメラを任されることが増えました。

このことで自信をつけた私は、いかに存在感を出さないように振る舞うか、いかにカメラを回していないようにさりげなくカメラを回すかという研究を重ね、どんどんその技術に磨きをかけていったのでした。そして〝存在感がない〟という欠点は、私の最大の強みとなり、いつしか〝存在感のなさでは誰にも負けない〟というキャラクターになっていました。

今まで欠点だと思っていたことが、場所によっては長所になることもあるということを、私は身をもって体験したのです。普通の会社に就職していたら、全く生かされなかったであろうことが、AVの仕事では生かされる。

AV業界は私にとって、コンプレックスを強みに変えてくれる素敵な場所だったのです。

ちなみに私の監督名をつけてくれたのも平野さんでした。

夜中に会社で仕事をしていた時、インスタントのやきそばを食べている私を見て、「オマエ、やきそば食ってるのが似合うなあ、芸名は〝ペヤン〇〟でいいだろ」ということで〝ペヤン〇マキ〟と名づけられました（のちに大人の事情でペヤンヌマキに改名）。この男だか女だかわからないマヌケな響きの名前が、今では結構気に入ってたりします。

ナンパされないのはブスだから？

大学進学で上京する時、東京の街はちょっと歩いただけで変な男から声をかけられたりする、と噂《うわさ》で聞いていました。確かに初めて歩く渋谷道玄坂は女の子を物色するように立っている男がいっぱいいました。でも、声をかけられても無視するぞと意気込んで歩いたものの、私には一向に声がかかりません。目の前を歩いている子には声がかかるのに、私はスルー。やっぱり私が可愛くないからなのかな、そういう不安が押し寄せてきて、いざ誰からも声がかからないと落ち込むのでした。

でもよく見ると、そんなに可愛くない子でも声をかけられたりしています。私の方がまだましだろうと思うような子も声をかけられてるのに、なぜ？　そんなことを悶悶と考えながら歩いていたら、「あのーちょっとお時間いいですかー？」とついに声がかかりました。ちょっと嬉《うれ》しくなって振り返ったら、「あなたは今幸せですか？」。手相の勉強させてくださいの人でした。

私ってそんなに辛気臭い顔して歩いてたのだろうか？　手相の人にまでイケてない奴と見なされたような気がして、余計落ち込みました。まだ10代のピチピチギャル（死語）だったというのに、池袋の丸井とかで服を買ってちょっとはオシャレしたつもりだったのに。〝存在感がない〟というコンプレックスに続き、〝街を歩いていても誰からも声をかけられない〟ということが密かにコンプレックスになったのでした。

ところで、先述した「素人ナンパもの」のカメラマンをした後、今度は「女だけでナンパものを撮ったら面白いんじゃないか」と平野さんに提案され、「レズナンパもの」を撮ることになりました。レズ女優の女の子と私と二人で街へ出て、素人の女の子をナンパしてワゴン車に連れ込み、レズプレイを撮影するというものです。

一度もナンパされたことのない女が、女をナンパするなんておかしな話です。とにかく最初の頃は手当たり次第声をかけまくっていましたが、無視されるばかりで誰も話を聞いてくれません。見ず知らずの人に声をかけるだけでも勇気がいるのに、無視され続けるとものすごく精神が疲弊していきます。

それでも、何人も声をかけていくうちに、10人に一人くらいは話を聞いてくれる女の子が出てきました。次第に確率が上がっていき、最終的には百発百中。どういう子が立ち止まって話を聞いてくれるか、パッと見で判断がつくようになったのでした。

そこで私たちが編み出した声をかける条件。

早足でなくゆっくり歩いているというのが第一条件で、外見だけでいうと次の通りです。

ミニスカートやホットパンツなど肌の露出が多い服を着ている。地味な色の服より派手な色の服を着ている。ダボッとした服よりピタッとした服を着ている。ヒールが高い靴をはいている。ブランドもののバッグを持っている。

つまり、パッと見で〝女〟という記号を身に着けている子ということです。そういうわかりやすい記号を身に着けている子は、女として品定めされたがっていることが多いということなんです。声をかけられるのを期待している子は自ら目印をつけてくれている（ブランドものの持ち物が目立つような物欲が強い子は、てっとり早くお金を欲しがっているというのもありますが）。

一方、そういう記号を身に着けていない女の子は、コンプレックスが強かったり、過剰な自意識があったりして、警戒心が強い人が多いです。ナンパ師にとっては絶対声をかけてはいけない子。ジーパンやダボッとした七分丈のパンツをはいている。靴はスニーカー。古着系。個性的すぎる格好。

それはまさに私の上京当時のファッションそのものなのでした。どうりで声がかからないはずです。実際その時の私は、声がかかっても絶対無視してやるぞ！　と意気込んでいましたし。

私に声がかからなかったのは、顔が可愛くないからというよりも、女としてのわかりやすい記号を身に着けていなかったからなんだ。ナンパをする側になってみてそのことに気づき、コンプレックスがまた一つ解消されたのでした。

AV女優に憧れて

AVの世界で働くことによって、それまで抱えていたコンプレックスが次々と解消されていき、私はかつてなく生き生きと過ごすことができました。

その一方で、スタッフという立場で、周りから女として扱われていなかった私は、AV女優のように「品定めされる立場に立ってみたい＝女として見られたい」という欲望は心のどこかにふつふつとあったのでした。

女として品定めされるのは怖いけど、されてみたい。

そんな矛盾した気持ちが、女なら誰にでもあるのではないでしょうか?

そんな悶々とした気持ちを解消するために、私はあることを思いつきました。ちょうどデリヘルもののAVを撮る予定があったので、その下調べを名目に、デリヘルの面接を受けてみようと思ったのです。

AV業界に入って数年が経ち、女の子を品定めする立場にあった私は、品定めされる側の気持ちを味わってみたいと思ったのです。

でも、いざ自分が品定めされるという立場になると、不安がこみあげてきました。面接で断られたらどうしよう。もし断られたら女としてのプライドがずたずたです。

しかも普段は自分が品定めする側にいるからよくわかるのです。素人モデルを募集した時に〝この子には仕事来ないわ〟と判断した相手に対して、選ぶ側がどんな対応をするかが。電話の時点でわざと厳しい条件を出して向こうから断らせる方向に持っていったり、面接で会って、見た目が厳しかったら、「今すぐにという仕事はないので」と相手を傷つけないように遠回しに断ったり。自分がそういう対応をされたら落ち込むなあと一気に不安になったのでした。

それでも勇気を出して、風俗専門の求人情報誌に載っていたお店に電話しました。素人OLが所属してますというのが売りの店です。

電話口で突然スリーサイズを聞かれ、それだけでテンパってしまう。

「あの……計ったことないんで……正確にはわからないんですが……」

もうすでにこの時点でヤバい奴と思われたかもしれない。

するとと、身長、体重、ブラのカップ数、服の号数などを次々と聞かれたので、たどたどしく答えていきました。私が普段AV女優には平気でしている質問ですが、自分がされると恥ずかしくてたまりません。

最後に担当者が言いました。

「何か質問ありますか？」

恐る恐る聞く私。

「あのー面接で落とされることもあるんですか？」

「うちはOLの制服を着てもらうんですが、服のサイズが7号、9号、11号のものが入らないという方はとりあえずお断りしております。あと、身だしなみが不潔そうな方も」

そういうことか。

今日この後すぐ面接できるということだったので、事務所に向かうことになりました。

ついに自分が女として品定めされる立場になる。

その後、自分がとった行動は、まず下着は持っている中で一番可愛いものをつけ（よれった下着がほとんどだったけど）、唯一持っているワンピースを着て（当時スカートというものをほとんど持っていなかった）、なるべく女らしく見えるようにしました。普段つけないマスカラなんかも塗って少しでも目を大きく見せようとしました（当時のメイク技術の乏しさがうかがえます）。

鏡の前に立って、自分の全身をすみずみまでチェックしました。他人の見た目にランクをつけるのは簡単だけど、自分のこととなるとイマイチわかりません。客観的に見られないのです（むしろ見ないように逃げてきたわけですが……）。自分の見た目は人から見てどれくらいのランクなんだろう？　自分が思っているより悪いのか？　それとも意外といいのか？（そんな希望もどこかにあったり……）

ＡＶの面接にやって来る女の子も、こんなふうにいろいろ考えてやって来ていたのでしょう。同じ立場になってみなければわからないことが確実にあると思いました。

ＡＶ女優が面接に来る風景はたくさん見てきたけど、彼女たちが見ている風景は、私とは全く別の風景で、私はそのことを全く知らずにこれまで過ごしてきたことに気がつきました。

女として品定めされる世界で仕事をするということ

その事務所は東新宿駅から歩いてすぐの場所にあるとのこと。駅に着き、地上に出たところで事務所に電話すると場所を案内されました。事務所まで歩く新宿の街は見慣れているはずなのに、全く別の風景に見えました。通りすがりの人に私はどう見えているのだろう？　これからデリヘルの面接を受けに行く女に見えてるだろうか？不安もあったけど、自分だけが秘密を持った女になったような、どこかワクワクした気持ちもありました。

事務所は狭いワンルームマンションの一室。玄関には靴が散乱していて、狭い入口をさらに狭くするように大量のOL衣裳が掛けられていました。

「どうもはじめまして」

小綺麗なジャケットにジーパンという普通の若者風の男が私の面接担当でした。わりと整った顔立ちで清潔感がある20代後半くらいの男。すごく丁寧できちんとした対応に好感を持ちました。AVのスカウトでもそうですが、いかがわしい業界という偏見があるだけに、対応する人間が好感の持てる紳士的な感じの男だとそのギャップでものすごく安心し、逆に心を許しやすい。そういう女性心理をついた作戦なのでしょう。

面接を受ける立場になって気づいたのが、自分がものすごく女の子モードになっているということでした。「20代前半でもいけますよ」と言われた時、お世辞でも嬉しかった。「目がパッチリ二重の人はなるべく写真で目を出すようにしてます。あなたは悪くない目をしてるので、出したほうがいいですね」と言われてちょっと嬉しかった。決して〝いい目〟とは言ってないとこが気になりますが……。

仕事内容の説明を受けたあと、プロフィール作成を行いました。これはホームページに写真と共に載せる売りのプロフィールです。面接官と相談しながら、私の売りのイメージを作っていきました。

出身地　福岡県
好きなタイプ　年上の方
好きなプレイ　責められる
性感帯　全身
趣味　読書
性格　おっとり、甘えん坊
好きな食べ物　イクラ

相談の結果こういうことになりました。好きな食べ物イクラって、何の参考になるの？　って感じですが、性格のところは、面接官が「甘えん坊、なんていいんじゃない？　甘えん坊のキャラクターをお客さんの前で演じられますか？」と勧めてきました。私は甘えん坊キャラで売れるイメージなんだろうか？　新たな自分を発見したような気持ちでした。また、「素朴系でもいけるしね」とも言われました。AV監督なのに〝素朴系〟とは！　「こっち系でいけるよねー」と言われただけで、自分が女として需要があると認められたような気がして、ウキウキした気分になりました。

ところで、一つ気になったことがありました。面接官に出身地を尋ねられた時に、つい出身地を偽ってしまったことです。やはりこういう場では、ちょっとしたことでも本当のことを言うのに抵抗がありました。私はこれまでAV女優の面接で、女の子から聞いたことをわりと鵜呑《うの》みにするところがあったのですが、女はこういう場所で本当のことを言うはずがないと実感しました。もちろん本当のことを織り交ぜながら話している部分もあるだろうけれど、こういうところに面接に来ている時点で、普段の自分とは違う自分になりきっている。本当のことはなるべく言いたくない。全部正直に話してくれる子はよほど警戒心がないか、素直な性格なのでしょう。

奥には間仕切りのカーテンがあり、カーテンの奥にテレビとソファがあってそこで女の人が一人待機している様子でした。ホームページの写真ではキレイそうな女の人しか載っていなかったけど、その女の人はチラッと見た感じそんなにキレイではありませんでした。「うちの（写真の）加工技術はすごいんで。みんな別人ですよ」と面接官。あんな写真みたいなキレイな子ばかりだったら、私なんか面接で落とされるんだろうなーと不安だったので、少しホッとしました。

仕事は、まず写真を撮ってそれをホームページにアップしてから、ということで翌日写真撮影することになりました。

それに行く勇気はなく、辞退の連絡を入れてしまったヘタレな私だったけれど、とりあえず面接には受かったということが嬉しかったです。女として品定めされるということは、女として見られる、扱われるということでもあって、普段女として扱われない仕事をしている私は、そのことが少し快感でした。

AVに出て人気が出て仕事がどんどん入る。それは女として認められたということであり、女としてはこのうえない快感なのではなかろうかと思いました。それが病みつきになってしまうのかもしれない。そして、女として品定めされ続ける世界で、自分の体一つで勝負して、稼いでいるAV女優はすごいなと思うようにもなりました。

エロの世界で働くことで、コンプレックスを一つ一つ解消していくと同時に、AV女優に対する偏見もなくなっていきました。

「AV女優＝私とは正反対の女＝敵」

そういう考えが、次第に変わっていったのでした。

　さて、次章では、そんなＡＶ女優にスポットを当て、私がエロの現場で出会った女性たちについてお話ししましょう。

2章

エロの現場で出会った女たち

サービス精神旺盛な職業ＡＶ女優

とあるＡＶ撮影にて、突然「おチンポが欲しいー」「おチンポちょうだーい」「おチンポ抜かないでー」と、指示してもいないのに「おチンポ」という不自然な言葉を連呼する女優さんがいました。「おチンポは言わなくても大丈夫です。もっと普通な感じでお願いします」と言っても、セックスが盛り上がってくるとなぜかその女優さんは「おチンポもっとー」「おチンポー」と「おチンポ」を連呼するのでした。彼女は、数多くの作品に出演している人気女優でした。

ＡＶには様々なジャンルがあり、その時々で流行り廃りが激しかったりします。巨乳ブーム、熟女ブーム、ナンパブーム、ぶっかけブーム、中出しブーム……ｅｔｃ．ひと昔前に〝淫語もの〟というジャンルが流行りました。男性器や女性器の名称など卑猥《ひわい》な言葉を恥ずかしがる女の子に何度も言わせる、というものです。流行るとどこのメーカーもこぞって似たような内容のものを出すので、人気女優は撮影の度に「おチンポ」やら「キ○○マ」やらを何度も言わされていたのです。

最近のAV女優は、監督が求めることにきちんと応《こた》えることができる、頭の回転が速くて仕事のできる人が増えました。一般の会社に就職しても上司のニーズにきちんと応えることのできる優秀な社員になるのではないかと思います。そういう人はサービス精神が旺盛なので、こちらから言わなくても、求められることを自らやってくれる。「おチンポ」を連呼した女優さんも、「おチンポ」を連呼することが求められる現場が多かったため、よかれと思ってサービス精神でやってくれていたんだと思います。

しかしエロの現場では、そのサービス精神がかえってあだになることもあります。「おチンポ」という淫語は女の子が恥ずかしがりながら言うのがいいのであって、嬉嬉として連呼されても、全くエロくないのでした。エロを頑張れば頑張るほど、エロから遠ざかるという現象。エロって難しいです。

しかも近頃のAVはジャンルも様々で内容が盛りだくさんなうえに、製作費が下がっているという事情があり、撮影現場はどんどんハードになっています。昔は60分の作品を2日間くらいかけて撮影していたのが、最近では180分の作品を一日で撮りきるということが普通になってきました。そんな中で、ＡＶ女優は、ただ人前で脱いでセックスするというだけではなく、様々なエロのニーズに対応して職人のようにこなさなければいけなくなってきました。

内容も、昔は嫌がる女の子を無理やり犯すというものが多かったのが、最近は、「最初は嫌がっていた女が、途中から積極的になってきて、しまいには男がもうこれ以上は無理！となっても求めてくる」というような展開のものが多くなってきました。これまでは男優がリードすることがほとんどだったので、女優はそれに従っていれば撮影は進んでいました。だけど、男がこれ以上は無理と尻込《しりご》みするという場面の撮影では、男優が積極的に体位を変えたりしたらおかしいので、女優が体位変えもリードしなくてはならないのです。

男優の場合は「ただセックスするだけではなくて、カメラに見えやすいように動くなどの技術が必要である」というのは昔から言われてきたことです。さらには撮影の時、キスからフェラ、挿入に移行するタイミングなどを監督がいちいち指示する場合もありますが、それだと流れが途絶えてテンションが下がってよくないからと、なるべくカットを入れずに一連で撮る時があります。その場合は、男優が時間配分を考えてタイミングのいいところで次のプレイに移行します。タイミングが早すぎるとおいしい画《え》が撮れないし、遅すぎると撮影時間が押してしまう。

仕事ができる男優は、いいタイミングでやるし、監督が「あと1分後に発射でお願いします」とゴーサインを出したら、1分後にきちんと射精できます。

そういった男優的な技術が、最近では女優にも求められるようになってきたのです。

そして、そういうニーズにも対応してくれるAV女優のおかげで、ハードな現場をスムーズに終えることができるのです。だから、人気が出て生き残る女優は、仕事ができてサービス精神が旺盛な人が多いのです。

そのことに気づいてから、AV女優への尊敬の念が湧《わ》きあがってきたのでした。

潮吹きの特訓をするAV女優のアスリート魂

さてブームの話が出ましたが、最近は何が流行っているかというと、〝潮吹き〟ではないでしょうか。女の子がGスポットを刺激された時に、透明のおしっこだか何だかよくわからない液体を、クジラが潮を吹くようにピューピュー吹くという、アレです。最近のAVにはやたらと潮を吹いているシーンが多いのですが、制作側としても、〝潮吹きシーンが多ければ多いほど売れる〟という傾向があり、困った時の潮だのみといいますか、潮吹きが撮れさえすれば安心みたいなところがあったりします。

ひと昔前は潮吹きといえば、「俺にかかれば99％の女が潮を吹く」というゴールドフィンガーの加藤鷹さんに代表されるように、男優の指技で潮を吹かせる、女優は男優に潮を吹かされるというイメージでした。その影響でなんとかして潮を吹かせようとして女の子に痛がられる素人男が増えたこともありました。

しかし、今は草食系と呼ばれる男が増えたためか、女から積極的に男を責める「痴女もの」と呼ばれるものが流行り、その流れで、最近は〝セルフ潮吹き〟と言って、女優が自力で潮を吹くという技が定着しつつあります。女の子が自分の指でGスポットを刺激して自ら潮を吹くというものです。

始まりは、もともと潮を吹きやすい体質でオナニー中にも潮を吹くという女優さんがいて、彼女がもてはやされたことがきっかけだったと思います。そんなことができるのは特異体質で希少価値があるので、潮吹きクイーンとして有名になった女優さんもいました。

ところが最初は珍しかったのが、だんだんできるという人が増えてきて、最近ではできて当たり前みたいな空気になってきました。なかには潮の出る量と角度を自由自在に調整できるように自宅のバスルームで日々特訓しているという子がいたり、人肌に温めたポカリスエットと水を交互に飲むと潮が出やすいという説があって、そのベストな配合を研究する子がいたり。はたまた撮影現場で、潮吹きできる子に「私もセルフ潮吹きマスターしたいんですよ」「勉強させてください！」と、どうやったらできるか必死で習おうとする子がいたり、独自の方法を伝授する潮吹き先輩がいたり、なんかもう潮吹き部っていう体育会系の部活みたいなノリになっています。

思うに、女の子って頑張り屋さんが多いんです。いい成績をとって褒められるために頑張る、みたいな。現場ですごい潮を出した子は、いい仕事をしたという充実感に満ち溢《あふ》れ、誇らしげな顔をしています。

一方、「潮吹きできます！」と意気込んでいた子がいざカメラが回ると緊張して潮が引っ込んでしまい、その子の潮が出るまで撮影が終わらないという潮待ちのプレッシャーがかかったりすることもあります。本当は吹いたことないのに吹けると言っちゃって、結局いつまで経っても出なくて「この膀胱《ぼうこう》が悪いんだ！」と自分の下っ腹をボコボコ叩《たた》き出す子までいたり。そこまで頑張らなくていいよーとこちらが心配になるくらい。

そんな生理現象をコントロールする技術まで求められるなんて、最近のＡＶ女優は本当に大変なのです。潮が出ないというだけで自分を責めなければならない仕事なんて、他にあるでしょうか？（もちろんありません）

ＡＶ女優はまさに体を張った仕事。潮吹きＡＶの陰には彼女たちの涙ぐましい努力があるのです。私はそんなＡＶ女優のアスリート魂に感服してしまうのでした。

恐るべし還暦熟女

とある熟女専門のAVメーカーで「還暦熟女VS黒人」というAVを撮ったことがあります。タイトルから想像できる通り、60歳のお婆《ばあ》ちゃんが黒人に犯されるという内容です。AVでいう熟女にもいろいろあり、20代後半から熟女とカテゴライズされたりもする一方、40代はまだまだひよっこ、本物の熟女は50代からという熟女専門メーカーもあったりします。

その熟女専門メーカーからデビューした史上初の還暦単体女優、K子さんという方がいました。K子さんは最年長単体AV女優として熟女マニアの間ではアイドル的存在になっている方で、そのK子さんが「黒人もの」と呼ばれるジャンルに初挑戦するという企画だったのです。

ところでその頃は、黒人ものがブームで、黒人男優に仕事が殺到していた時期でした。黒人男優という人たちはいったいどこから現れるのかというと、黒人男優専門の手配師という胡散臭《うさん》い男がいて、その男に電話して「〇日に、黒人3名、なるべくチンポでかめでお願いします」と発注すると、当日現場に黒人が現れるのです。彼らは普段は英会話講師をしていたりと、いたって普通の日本在住の黒人だったりします。陽気で性格がいい人もいるのですが、ものすごくわがままで性格が悪い人も混ざっています。

朝食はマックとコーラを用意してくれーだの、疲れたーだの、撮影中すぐに休憩を取りたがったり、すぐに帰りたがったり。熟女ものだと言うと「オバちゃん、ヤダー」と文句たらたらだったりします。普通の男優だったら完全に仕事を干されるところですが、黒人男優の数自体そんなに多くはないので、そんな人でも現場に呼ばれ続けたりするのです。だから、たちの悪い（二重の意味で）黒人男優がのさばっていたのです。

その日も案の定、朝から、「お母さんみたいなネンレイ、タタナイヨー」と文句をたれる黒人男優を、マックのハンバーガーとコーラで機嫌をとりつつ、なんとか撮影を進めなければなりませんでした。

K子さんは御年60歳、松坂慶子似の上品な顔立ちの女性です。大きい息子さんもいるらしいのですが、離婚して現在一人暮らしだとか。AVに出演したのはお金のためということですが、妙に生活感のない不思議な方なのでした。K子さんは、まさか自分が還暦を過ぎてからAV女優になって、しかも人気女優になるとは思いもしなかったようで、彼女は戸惑いつつも、どこか嬉しそうにAVの仕事を受けているようでした。

それにしても仕事とはいえ、自分の母親くらいの年齢の方に「もっと股《また》開いてー」とか「もっと喘《あえ》ぎ声を大きくー」などと指示するなんて、なんとも複雑な気持ちでした。しかも「黒人ものなので洋ピンのようなアクロバティックな体位をいっぱい入れて」というメーカーからの要望もあり、立ちバックやら駅弁やら、60歳のK子さんには相当酷であろう体位を強いることになったのです。

丸一日の撮影で3人の黒人ととっかえひっかえいろんな体位で何度もセックスして足腰ボロボロのK子さんの姿を見て、これで死んでしまったらどうしようと本気で心配しました。

ところがです。撮影が終わると「腰がイタイー!」とボヤく黒人男優をよそに、K子さんはケロッとした顔ですっくと立ち上がり、「またよろしくお願いしまーす」と軽やかな足取りで帰って行きました。

恐るべし還暦熟女。女はいくつになっても強いなーと思ったのでした。

ヤリマンと処女

今は少し違うのかもしれませんが、私が中高生の頃は、イケてる女子は早くに処女喪失し、いつまでも処女のままでいる女子は遅れていてダサいという風潮がありました。

小学校の頃は短パンはいて男勝りだった幼なじみが高校生になった途端、急に女っぽくなってモテだしたと思ったら、学校帰りに近所の大学生にナンパされて初体験を済ませていたということがありました。セックスを経験した子は明らかに男を惹きつける何かを身に付けていました。中学時代ヤンキーの女子が妙に大人びたエロさを醸し出していたのもセックスを経験していたからだと思います。だから、セックスは早くに経験するに越したことはない、と思い込んでいました。

しかしこの仕事をしてたくさんの女の子を撮影してみると、そういうわけでもないことに気がつきました。AV業界に入るまでは、AV女優になるような人は、初体験年齢も早く、経験人数も多い、セックスマスターみたいな女の人ばかりだと思っていたし、そういう女の人がエロいと言われる女なのだと思っていましたが、実際には、AV女優にもプライベートの経験人数が少ない人が結構いたのです。それどころか、処女だという子もいたりして、「処女もの」が流行った時もありました。

セックス自体を経験したこともない人が、カメラの前でセックスしてもいいと思うとはどういうことなのだろう？　理由を聞いてみると、「とにかく早く処女を喪失したくて仕方がない。でもこれまでそういう機会に恵まれなかった。初めてで不安なので下手な素人にやられるよりは、経験豊富なAV男優に優しくリードされるほうがいい」と言うのです。いろんな発想の人がいるものです。

ところで、どんなセックスがエロいと思うかは人それぞれだと思いますが、私なりにどういう人がエロいセックスをするか分析したところ、「セックスを経験する前にオナニーをしていて、その期間が長ければ長い人」というのが私の見解です。

オナニーを覚えるより先に初体験を済ませた人のセックスは淡泊で味気ない傾向にあります。逆にセックスを経験してみたいけどできなくて、悶々といろんな妄想を膨らませてオナニーに明け暮れた期間が長ければ長い人ほど、どこか情緒のあるねっとりとしたエロいセックスをしたりする。経験人数も多ければエロいってことでもなく、セックス大好きで経験人数100人です！　というような人に限って、スポーツ感覚のあっさりとしたセックスをしたりする。逆に経験人数はたった一人だけど、その一人の人と時間をかけて何回もセックスしたという人のほうが、エロの引き出しが多かったりする。

それに気づいてからは、中高時代ずっと処女のままで悶々と悩んでいた当時の自分に、「若い頃からセックスしまくっている人よりも、エロい女になる可能性を秘めてるんだよ」と言ってあげたくなったのでした。

エロの世界でも能ある鷹は爪を隠す

　AV女優の面接の際、面接用紙というものに記入してもらいます。スリーサイズから、趣味や特技、自分のアピールポイントを女の子自身に書いてもらうのです。自分で自分のエロ度を10段階で評価する欄もあります。AVの面接に来ているくらいだから、1に丸を付ける人はそんなにいなくて、だいたいみんな5以上に付けるのですが、たまに10のところに大きな花丸を付ける女の子がいます。やる気満々でとてもいい子に見えるのですが、そういう子に限って実際の現場ではエロくなかったりします。「私、エロいんです」とドヤ顔で言う人ほどたいしてエロくないことが多いのです。

　同様に、「私、ドMなんです」という人をSMの撮影にキャスティングしたら、ちょっと縛っただけで「痛っ！」となったり、「本気でぶってください」と言うから本気でビンタしたら、マネージャーにクレームを言い出して撮影が中断したりしたこともありました。

本物のドMの人は面接でこんなふうです。
面接官「どんなセックスが好きですか？」
M女「え……わかりません……」
面接官「縛られるのは好き？」
M女「え……そんなこと恥ずかしくて言えません……」
面接官「てことは好きってことなのかな？」
M女「ち、違います……」
面接官「本当は縛られたいんだろ？」
M女「そ、そんな……」
面接官「縛ってほしいですと言ってごらん」
M女「うう、縛ってほしいです……」
そう、相手のSっ気をどんどん引き出すような反応をしてくれるんです。
「あなたはエロいですか？」と聞かれて、「はいエロいです」とはっきり答えるより、「わかりません……」と恥ずかしがりながら答えていた人が、蓋を開けたらドエロだったりする。能ある鷹は爪を隠すという言葉がありますが、自分がエロいということを認めなかったり必要以上に隠そうとする人のほうがエロかったりするんです。

ちなみに、「私は究極の変態です」というAV女優を、ある監督がハメ撮りした時に、どんな変態セックスを見せてくれるのかと期待していたら、意外と普通の淡泊なセックスだったそうです。がっかりした監督が思わず「思ったより普通だね」と言ったら、その自称変態の女優は、「はあ?」と一気に素に戻り、険悪な空気が漂ってエロいムードとはかけ離れた撮影になったといいます。「私は変態だ」ということをアイデンティティとしている女の人に一番言ってはいけないのが「思ったより普通」という言葉だったんですね。

何事も自称する人は、あまり信用しないほうがいい。

エロの世界でも、能ある鷹は爪を隠すものなんだと思いました。

コンプレックスを強みに変えた女は強い

これまでお話ししてきたように、AVの世界には様々なジャンルが存在します。男性の性的嗜好は多岐にわたっていて、巨乳好きもいれば貧乳好きもいる、スレンダー体型がいいという人もいればぽっちゃり好きもいる、若いほうがいいという人もいれば、歳《とし》を取ったほうがいいという人もいる。

ＡＶ女優は、女としての価値を常に問われる存在であり、シビアな部分もあるけれど、実はその女としての価値基準が一辺倒ではなく様々であるから、逆にどんな女でも、何かしらの特徴があれば（一部には）需要があります。

貧乳がコンプレックスだった子が、ロリータ女優として人気が出たり（まな板のようにぺたんこの胸であればあるほど子供に見えて喜ばれる）、元いじめられっ子が、M性を開花させてM女優として人気者になったり、還暦のお婆ちゃんでもアイドルになれたり。

もともと恵まれていて羨ましいと思われるような巨乳の人気女優でも、本人は巨乳がずっとコンプレックスだったという人も多いです。巨乳のせいで、オシャレな服が似合わなかったり、幼い頃から性的ないたずらに遭って男性不信になってしまったり。聞いてみるといい思いばかりはしていない。AV女優になるまでは巨乳が目立つのが嫌でわざと胸が隠れるような服を着ていたという人もいます。

そんな子がエロ業界に入って、巨乳は最大の武器になることに気づくと、一気に輝き出します。いかにおっぱいを大きく見せるか、一番きれいに見える角度を研究したり、いろんなおっぱいの使い方（パイズリの技術など）を編み出したり。

貧乳の子は、ロリ好きが喜ぶことを率先してやったり（「お兄ちゃん、大好き！」と上目遣いで言ったり、本当はフェラ上手なのにわざと下手を装ったり、チンポを初めて見ましたというウブな反応をしたり）。

元いじめられっ子で人気M女優になった子は、S心をくすぐる反応を完璧にマスター、虐《いじ》められれば虐められるほど輝いたり。

人間、もともと欠点だと思っていたことが、長所として生かせることを知った時の喜びは大きいものです。ましてやそれでお金が稼げるとなると、それは楽しくて仕方ないでしょう。どんな職業でもそういう部分はあるのではないでしょうか？　特に女性特有のコンプレックスを抱えていた女が、それを強みに変えた時は最強です。

私はＡＶ業界に入ったことで、コンプレックスが強みになることを知り、救われました。それと同じように、ＡＶ女優になることで、コンプレックスが強みになり救われたという女性はたくさんいます。そういう人は、エロの世界で最も生き生きと輝いているのです。

さて、次章では、そもそも私のコンプレックスがどう形成され、どんな青春時代を送ったかについて振り返ってみようと思います。

自信満々の男の謎

根拠のない自信を持った男ってたまにいますよね?

顔がいいわけでもなく、面白いことを言えるでもない、頭がいいわけでもなく、地位があるというわけでもなく、金を持っているわけでもない。それなのになぜか自信満々で偉そうな男。どこからそんな自信が湧いてくるの?　とツッコミたくなるような。

そんな疑問に対して、「根拠のない自信を持っている男は、みんな巨根」という説を唱えるSちゃんという子がいました。Sちゃんはなぜか付き合う男が巨根の持ち主だったことが多いそうで、「根拠がないんじゃなくて、根拠は巨根!」と力説するのです。

巨根の人は、〝女はみんなデカいチンポが好きで、ヒイヒイ言って喜ぶ〟と思い込んでいて、「自分はいいモノを持っている」という奢りから、セックスの技術を磨こうとしないらしいのです。前戯もおろそか。「乳首がもげるかと思った」というほど乱雑な乳揉み、申し訳程度のクンニ、濡れてもいないのに挿入。女はたまったもんじゃありません。

AV女優の中にも「NG男優↓巨根の人」という人が結構います。現場で、いざこれから挿入という時にデカチンを見た途端、「私デカいの苦手なんですよね……」と顔を曇らす女優。巨根というのはAV男優として需要が高いと思われがちですが、巨根というだけで女優に嫌われてしまうAV男優だっているのです。女の子から露骨に嫌な顔をされて、せっかくの巨根も萎《しぼ》んでしまった時のAV男優の悲しげな背中を何度も見たことがあります。そんな事実を、世の巨根自慢の男には知ってほしいです。

ちなみに、巨根と同じくらい男が自信を持つ要素として「勃ちがいい」というのがあります。男の人って、「すっごく大きくなってる」とか「すごい勃ってる」とか言われると、とても嬉しそうですよね。YさんというADの男性は、男優が勃たない時によくピンチヒッターで男優をやっていたのですが、彼は、相手がどんな女優であろうと、パンツを下ろすと必ず勃っています。ある日、私が感心して「ほんといつも勃っててすごいですよねー」と言うと、Yさんはとっても嬉しそうな誇らしげな顔をしていました。

そんな彼が実家でAV女優とセックスするというとんでもない作品を撮ることになりました。我が息子がAVで男優をやっているといきなり知らされたご両親のお気持ちを考えただけで私たちスタッフはいたたまれない気持ちになっていたのに、当の本人はそれより「勃つかな?」と勃ちのことを心配していました。

そして、隣の部屋に両親がいるという状況でも、パンツを脱いだら立派に勃っていたYさんがその時放ったひと言、

「ボクってすごい!」。

男にとって、チンポのデカさと勃つか勃たないかということは、とても重大な問題なんだな、ということを知らされたのでした。

思うに、男にとってのチンポがデカいとか勃ちがいいというのは女にとっての美人であるということと同じ感覚なのではないでしょうか。それだけで無条件に異性から喜ばれるという思い込み。そう考えると納得できるのでした。

3章
親と思春期とブス

誰からも注目されないというコンプレックス

ほんとに言うのも恥ずかしい話ですが、私は物心ついた時から〝誰からも注目されない〟というコンプレックスがありました。〝注目されないことがコンプレックス〟ということは、〝注目されたい〟という願望があるわけで、要するに自己顕示欲が強かったわけなんですが、そのストレスは私の中では大きなものでした。

九州の、山と川以外何もないド田舎の、ごく平凡な家庭で育った私は、他人からさして興味を持たれることのない地味な子供でした。

幼稚園では、幼稚園児にしてすでに女王様気質を発揮している女の子の子分的存在で、その子の機嫌を取るために、お気に入りのリボンを献上したりしていました。小学生になると、近所に仲の良い友達ができて、その子の前では自分を出すことができましたが、基本は人見知りなので、その子がいない場では、いつも聞き役に回ることばかり。可愛くて活発な女子の自慢話を延々聞かされていました。

しかも、〝タイミングの星〟にも見放されていました。「マキちゃんはどう思う？」と心優しい友達が話をふってくれて、やっと私の話をする番が来た！　と、「私はね……」と話し出した矢先に、キーンコーンカーンコーン、休み時間が終わる、とか。私がいいことを言おうとした途端、誰かが別の話をし始める、とか。ほんとにそんなことが重なるのです。

私の話なんか誰も聞きたいと思わないんだ。私は誰からも興味を持たれることのない存在なんだ。神様まで、オマエの話なんか誰も聞きたくないんだよと言っている……と、ネガティブ思考に陥ってしまうのでした。

今思えば、人なんて自分のことにしか興味ないってだけのことなんですけれどね。

聞き役に徹しているうちに、私は自然と人を観察するようになります。今この子は自分の話をするタイミングを見計らっている、人の話に同意するふりして上手く自分の話にすり替えた、とか。この子の自慢話はみんな早く終わらないかなーと思って聞いているのに本人は気づいていない、とか。調子に乗った人たちが決して気づかないことに気づく私は、特別な人間なんだと。そう思うことで自分を保っていました。

そうやって、他人のあら探しをすることに楽しみを見出《みいだ》すという暗い性格が培われていったのですが、ネクラなくせに楽しいことには貪欲《どんよく》なところがある私は、一度見出した楽しみは徹底的に追求しないと気が済みませんでした。

小学生の頃、「わるものメモ」というのを書き始めました。学校で誰かからバカにされたり、ぞんざいに扱われたりして嫌な思いをすると、相手のことを探偵みたいに調べ上げ、情報をノートに書き込んでいくのです。周りの人たちに聞き込み調査をしたり、その子のクラスの学級新聞や文集などを入手し、誕生日、血液型から好きな男子まで入念に調べ上げ、かなり悪意のこもった似顔絵つきの報告書を作成。

「5年3組のA子。廊下ですれ違った時に、私を見て鼻で笑った、性格悪いブス。年下の前では威張ってるくせに男子の前ではめちゃくちゃぶりっ子。同じクラスのB男を好きらしい。3月5日生まれ、B型、好きな食べ物はプリン、嫌いな食べ物はきゅうり。好きな芸能人は少年隊のニッキ。親友のC子も嫌なヤツ」（そんなことまで調べて喜ぶなんて、もはや嫌いなんだか好きなんだかわからない感じですが。しかもどんだけ暇人だったんだっていう……）

その次は親友のC子のことも調べ上げ、わるものの相関図を作っていく。そして完成したものを何度も読み返し、一人ニヤニヤしていました。

そんなことしてる自分が一番性格悪いブスだろうって話ですが、現実世界で自分に嫌なことをしてくる他人を仮想敵に仕立て上げ、その子の悪口を書くことでストレス発散していたのです。それは今考えると〝どんな嫌なことがあってもネタにしてしまえば心が楽になる〟という今日の私のスタンスに繋《つな》がるものでした。

他人に嫌なことをされたりぞんざいに扱われたことに対する怒りが、原動力となっている。ネガティブパワーで生きていたのでした。

ネガティブパワーで生きている母親

そもそも何で自分はこんな性格なんだろう？　世の中には他人のことなんか全く気にしない人や、他人のいいところを見つけるのが上手い、おおらかな性格の人もたくさんいるというのに、私は他人の悪いところを見つけるのが異常に上手いというか、どうしてもそればかりを見つけてしまう。どうしてだろう？　そのルーツを探ってみると、どうしても自分の母親にたどり着くのでした。

物心ついた時から、私は母から父の悪口を聞かされて育ちました。母は、「最近どう？」と聞くと「こんないいことがあった」ということは言わず「こんな嫌なことがあった」という話を真っ先にするタイプ。要するに愚痴っぽいんです。

母はどんな話題も必ず父の悪口に繋げます。例えば、最近私が運動不足解消のために朝から散歩するようにしてるよーと前向きな話をすると、「散歩といえば、最近お父さんの朝の散歩の時間が長引いて、朝食の時間がずれて迷惑している」という文句が延々続いたり、私が生まれた時の母子手帳が見つかって、こんな時もあったねーと懐かしむ話をしていたはずなのに、「そういえばアンタを産んだ時、産後の肥立ちが悪くて寝込んでたのに、お父さんは何も手伝ってくれなかった。あー思い出しただけで、涙が出てきた」と恨み節が止まらなくなったり。

とにかく父親に対する長年の不満が積もりに積もっていて、口を開けば父親の悪口が始まる。そんなに嫌いな人とよく長年連れ添っていられるなと思うのですが、そこは九州女の忍耐強さが発揮されているみたいです。

もちろん父親にもかなり問題があることは確かなんだけれど、何もそこまであら探ししなくても……というところまで、文句をつけたりする。「誰からも嫌われるような性格の人がいてね、お父さんみたいに」とか平気で本人の前で言ったり。

しかも、父の悪口を言っている時の母はとても元気で一番生き生きとしているのです。要するに母は、父や世界に対する恨みつらみを糧に生きている＝ネガティブパワーで生きている女だったのです。そしてその性質は娘の私にしっかりと受け継がれたのでした。

子供の頃の母親の影響は絶大なもので、私は物心ついた時から母が力説する父の欠点ばかりが目につき、母と一緒になって父の悪口を言っていました。

父は、母とは真逆で「最近どう?」と聞くと「毎日こんなに楽しいことがあって自分は充実した生活を送ってるよ」ということを必要以上にアピールしてくるようなタイプ。そこに「充実してるのはオマエだけだろうが! 私はこんなに我慢しているのに」という母のツッコミが入るわけですが、そういう声は聞き流して、家族円満と勝手に思い込もうとしている自己完結型のポジティブ思考な人間です。

それと典型的な九州男児といいますか、亭主関白で、自分の思い通りにならないことがあったら暴力を振るうDV男でした。DVといっても、人を殴るというより物に当たる系でした。父親がDVというと、母と子供が殴られる虐待というイメージですが、うちの場合はちょっと違っていました。父はサザエさんの波平さんを小柄にしたような外見で、おじいちゃんと間違われることもよくありました。

一方、母は身長163㎝でがっしりとした体型をしていて父より大柄です。まるでギャグマンガかコントに出てくる夫婦のようです。一度だけ、夫婦喧嘩が白熱して取っ組み合いの地上戦に突入したことがあったのですが、怒り狂ったメスゴリラＶＳひよこオヤジという感じで、ＤＶというほどの深刻さもなく、だけど両親の取っ組み合いの喧嘩が目の前で繰り広げられることは子供にとってはつらいもので、中途半端な地獄なのでした。

夫婦喧嘩は、主に食事中に起こりました。家族団らんであるはずの食事中、私がいつもコップに注《つ》いだ飲み物を最後のひと口分だけ飲まずに残す癖が、父と全く一緒だという話題から始まり、父がトマトの皮だけを食べずに残すだの、食べ方がとにかく汚いだのと父への文句が延々と続きます。父はしばらくは我慢しようとして、笑顔でうなずきながら聞いているのですが、だんだん怒りが込み上げてきているのが、子供の私にも感じ取れるのでした。

そんなこともお構いなしで母の父への文句はヒートアップ、それに伴い父の怒りのバロメーターが欽ちゃんの仮装大賞の点数ランプみたいな感じでどんどん上がっていくのが目に見えるようでした。そして合格ラインを越えた途端に、怒り爆発。近くに置いてある物を投げつけるのです。

父を怒らせる母も悪いし、どっちもどっちなんですが、どんな理由があったにせよ、暴力を振るうことは許しがたいことでした。それを非難すると、「誰のおかげで飯が食えてると思ってるんだ！」と、自分で稼ぐことのできない子供の身としては何も言えなくなる禁じ手を使って封じ込めるのでした。

父は外面《そとづら》はいいので他人からはいい人と思われているみたいでしたが、外でいい人ぶることで溜まったストレスを家族にぶつけることもありました。そんな父の性質がどうやら自分にもあることに私は気づき始めるのです。

確かに私も、学校ではいい人に見られたい気持ちが強く、友達にはいい顔をして言いたいことを我慢したりしていました。そして学校で溜まったストレスを家で発散しているところがありました。妹の前では威張っていたり。妹が私の言うことを聞かなかった時、腹が立っておもちゃを投げつけたことがありました。壁に叩きつけられて壊れてしまったおもちゃを見て、自分が取り返しのつかないことをしてしまったことに気づき、悲しくなりました。

父が母にしてきたことと、全く同じことをしている。

母親と一緒になって父の悪口を言っているだけの時はまだよかったのですが、散々否定してきた父の性質が自分にもあると気づいた時に、私は愕然《がくぜん》としました。自己嫌悪の始まりです。

母が父のそういった性質を否定する度に、自分が否定されているような気にもなって、つらかったです。ポジティブな自分（父）になろうとすると、必ずそれにネガティブなツッコミを入れてくるもう一人の自分（母）がいる。孫悟空の頭の輪っかみたいに頭をしめつけてくるのでした。

大人になった今では、父と母のそんな性質や夫婦喧嘩を「この人たち面白すぎる……」と、一歩ひいて愛《いと》しさすら感じることができるようになりましたが、当時はそんな余裕はなかったのでした。

〝ブス〟という言葉が怖かった思春期

他人のあら探しばかりして喜ぶような小学生だった私は、思春期に突入すると他人の目が気になり始めます。「そういうオマエが一番性格悪くてブスなんだよ」とツッコまれる恐怖が襲ってきたのです。自分がもしかしたら〝ブス〟かもしれないと思うことは、それまでも何度かありました。

幼少期、4歳下の妹は親戚《しんせき》や近所の大人から「美人ねえ」と言われるのに、私は「笑うとチャーミングねえ」という表現で濁されていました。幼稚園のおゆうぎ会の時、顔が可愛い友達はピンクのボンボンを持たされていたのに、私のボンボンの色は青でした。周りを見ると、私と同じ青い子はあまり可愛くない子ばかりでした（ほんとに顔のランクで色分けしてるとしたら幼稚園の先生、残酷すぎ！）。小学校のクラスで可愛いと人気者だった子はみんなサラサラのストレートヘアなのに、私は天然パーマで、実験に失敗して爆発した博士みたいな髪型をしていました（幼少期〝美人〟と言われた妹も、小学生になると、天パのせいで言われなくなりました）。

天パさえ直れば顔はブスではないと思いたかったのですが、どうやら顔にも欠点があるようでした。歯が出っ歯ぎみなうえに、唇がものすごく分厚いのがクチパシを彷《ほう》彿《ふつ》させるのか、「ニワトリに似ている」とか「カッパに似ている」とからかわれることがありました（ぽってり唇が流行の今となっては、たらこ唇がエロいと褒められることが増えましたが、当時は薄くて小さい唇がよしとされていました。最近ではわざわざ整形して唇を厚くする人までいるというのに！　当時の私は薄くしたくて仕方なかった）。

出っ歯を治せばからかわれなくなると思い矯正歯科に通い始めたら、「歯が治っても目がニワトリに似てるから一緒じゃ？」と言われました……ｅｔｃ．

思春期になって他人の目が気になり始めた途端、それらの記憶が次々と繋がっていき、〝ブス〟の二文字が頭の中に浮かんだのでした。

それからは、誰かの笑い声が背後から聞こえてくる度に、自分が〝ブス〟だと指さされて笑われているような恐怖に襲われ、街でニヤニヤしたヤンキーに遭遇する度、すれ違いざまに「ブス」と囁《ささや》かれたような気がして（幻聴？）ビクビクしていました。

今ならそんなの自意識過剰だよと笑い飛ばせるのかもしれませんが、当時は本気で悩んでいました。

誰からも注目されないというコンプレックスに加え、ブスだと笑われる恐怖がダブルで襲ってきたのでした。

ブスとスクールカースト
～女子が怖かった思春期～

そうやってブスへの恐怖を抱えながら過ごした思春期。

ブスに対して厳しいのは男子より女子。中学生になると、確立するスクールカーストの中で、どこに所属するかで明暗が分かれるのでした。

田舎の中学のスクールカーストは、見た目が派手でやんちゃな子たちやヤンキーなどが上層部。地味で真面目なタイプは下層部でした。また、明らかに美人な子は、最初からイケてるグループだし、ブスはイケてないグループ。私は昔から存在感がなかったくらいだから、目立つほど可愛くもなかったし、目立つほどのブスでもありませんでした（ブスとしての存在感もなかった）。要するに、中途半端なルックスでした。

自分のことをブスと認めたくない、もしかしたら可愛いほうに入るかもと思い込みたい気持ちもありました。でも、どう思い返してみても可愛い子と同じ扱いを受けた記憶はなく、ってことはやっぱり私はブスなのか？　などと一人葛藤していました。鏡に映る自分の姿を見て、角度によっては可愛いかもと希望を持つこともありましたが、写真に写った自分を見たら、鏡で見ている顔よりもブスでのけぞったり……（たぶん、鏡に映っている自分は、こうありたいという希望のフィルターがかかって見えていたのでしょう）。私は写真写りが悪いんだと思おうとしたら、友達からは「写真写りいいね」と言われ、この写真より実物のほうがもっとブスなの？　と愕然としたこともありました。

学校の成績はよくて優等生の部類でしたが（勉強は好きだった）、「頭がよくてもブス」という言葉がよぎり、「ブス」への恐れは日増しに強くなっていきました。そして何を血迷ったのか、「優等生＋ブス＝ガリ勉のブス」と思われたくない一心で、下ネタ歴史年表暗記術をひねり出すようになりました。

「672年　壬申《じんしん》の乱→オナニー妊娠の乱」（なんでオナニーで妊娠なのかは謎）でみんなの笑いを取ったりもしましたが、人気者になれるわけではなく「優等生なのにエロ」とからかわれるようになっただけでした。

「優等生なのにエロ」


　AV業界にいる今となっては、ものすごくいい響きです。美人の香りがします。

「マジメな優等生が図書館で……」みたいなタイトルのAVに出られそうです。

　でも当時の私にとって「エロ」という言葉は、どこかマヌケなイメージで、美人とブスどっちに付くかといえば、ブスのほうに付く言葉のような気がしてならなかったのです。

　結局、自分のルックスを中の下、もしくは下の上と見なした私は、中学2年の春、二つの選択肢の狭間《はざま》で悩んでいました。クラスでイケてる女子グループに所属して女王様的な女子の子分的存在になるか、イケてないグループに所属してのびのびと過ごすか。

　後者を選んだ私は、貴重な青春時代の1年間を、オタク女子のレッテルを貼られて過ごすことになったのでした。

　そのグループで私が一番仲が良かったのが、J子という宮崎駿ファンのアニメオタク女子でした。一番好きなアニメは「天空の城ラピュタ」。好きな男子のことを密かに〝パズー〟と呼んでいて、その男子と廊下ですれ違った時にたまたま目が合っただけなのに、「さっきパズーと見つめ合ってしまったの」と目を輝かせるようなポジティブ思考のオタク女子でした。

J子は自分がシータのような美少女で、パズーと両想いであるという妄想世界に住んでいて、それはそれで楽しそうで、そういう世界を持てずに悶々と苦しんでいるだけの私は、J子のことが羨ましくもありました。J子の影響で、私も好きな男子をなぜか〝シータ〟と呼び始めたりして、パズー（J子が好きな男子）とシータ（私が好きな男子）が仲良くしてるところを目撃して、二人が実は付き合っていたというボーイズラブストーリーを作り上げたり、今でいう腐女子的な妄想を二人で共有して楽しむようになっていきました。

しかし、ある日事件が起こりました。パズーに彼女ができたのです。その彼女はあまり可愛くないけどイケてるグループに所属している女子でした。その事実を知らされてもなお、J子は「パズーは私という女がいながら、どうしてあんな女と無理やり付き合っているの？」と妄想世界から出ようとしません。私はその時、J子と一緒にいたら現実が見えなくなってしまうという不安を感じました。

J子、こんな私と仲良くしてくれてありがとう。だけど私はあなたから巣立ちます。

そして翌年のクラス替えの時、私はあっさりとイケてる女子のグループに入ったのです。なぜオタク女子グループだった私がイケてる女子グループに入れてもらえたかというと、Nちゃんという誰とでも分け隔てなく仲良くできる人気者の女子がいて、その子は私とも仲良くしてくれたので、私はNちゃんになんとかくっついてイケてるグループに入り込むことに成功したのでした。

Nちゃんの友達ということで入れたそのイケてる女子グループには、可愛くて男子にモテる子、スポーツができて女子に人気がある子、顔は普通だけど性格が明るくて誰からも好かれる子、顔はそんなに可愛くないけどとにかくオシャレな子などが所属していました。

そのどれにも当てはまらない私がグループ内で生きていくには、それなりの頑張りが必要でした。「なんであの子がうちらのグループにいるの?」。そう思われないように必死でした。興味のない話に無理やり合わせたり、彼女たちの話の聞き役に徹したり、自分を殺して過ごしました。

そこはイケてない私にとっては決して居心地のいい場所ではありませんでしたが、イケてないグループの女子に対しては、イケてるグループに所属しているというだけで、優越感に浸ることができて、気持ちいいのでした。なんて性格悪い中学生だって話ですが、ただ、そんなみみっちい優越感のためだけに自分を殺して過ごしたのかというと、それだけではなく、そこには男子の存在が大きく影響していたのでした。

ブスと男子
〜男がわからなかった思春期〜

その頃の私は、女子に対してだけでなく、男子に対しても緊張していました。小学生の頃はまだ無邪気にクラスの太った男子をサリー（小錦の愛称）と呼んでからかったりしていました。それが思春期になり〝ブス〟と言われる恐怖が芽生えた途端、男子と自然に接することができなくなりました。

女子で優等生というのは、中学社会ではマイナスで、ガリ勉、マジメみたいな印象で男子からは敬遠されがちでした。美人だったらまだ高嶺の花的な存在にもなるのでしょうが、ブスだと、「ガリ勉ブス」というレッテルを貼られて、ますます相手にされなくなります。

イケてないオタク女子グループに所属していた時は、イケてる男子グループからは冷ややかな視線を浴びていたし、イケてない男子からでさえも、バカにされている感がありました。イケてる男子グループの人は怖くて話しかけることもできない感じだったので、せめてイケてない男子と仲良くしてみようと頑張って話しかけてみると、無視されたりしました。たぶんイケてない女子と仲良くして同類と思われたくなかったんでしょう。席替えの時に、同じグループになったイケてない男子にあからさまにがっかりされた時は、こっちもがっかりだし、お互い様なんだよ！　と言いたかったけど、言えませんでした。

翌年にやっとイケてる女子グループに入れたからといって、他の子のようにいきなり男子とフレンドリーに話せたかというと、全然ダメでした。家に男兄弟がいないということもあって、まず男子とどんな会話をしていいのかがわからない。

人気漫画「タッチ」の達也と南みたいに〝タッちゃん〟〝ミナミ〟と、ニックネームや下の名前で呼び合ったりするのに憧れましたが、そんなことは到底無理でした（これに関しては、大人になってからも尾を引いています。彼氏を下の名前で呼ぶのが恥ずかしくて、一度も呼んだことがありません。彼氏からも下の名前で呼ばれることに慣れていません）。

男と自然体で話せる友達にくっついて、なんとか仲良くなろうと試みましたが、男子と盛り上がっている友達の隣で「うん、うん」と、静かに相槌《あいづち》を打つのがやっとで、持ち前の存在感のなさが発揮され、男子からは完全にスルーされていました。

ちなみに小学生の時にサリーと呼んでからかっていた男子は、痩《や》せてイケメンに成長し（小錦に似てるだけあって彫りの深い顔立ちだった）、モテるようになっていました。もはやサリーは雲の上の存在で、話しかけることすらできなくなっていました。

せめて小学校の時に仲良くしておけばよかったと後悔したのでした。

体育会系と文化系というカースト

女子の中でも自分を出せず、男子とも上手く接することができず、中学時代は私にとってかなりの暗黒期でした。この頃に自然体でいられて、恋愛も楽しんで居心地のいい思いをしていた人たちに対しては、大人になった今でもどこかで羨ましく思っているところがあります。

そんな悶々とした中学生時代に出会ったのが演劇でした。地方公演でやって来た劇団四季のミュージカルを観て以来、舞台の魅力にとりつかれました。生の舞台で繰り広げられる華やかな世界を観ていると、その時だけはイケてない現実の自分を忘れることができました。そして、自分も舞台に立ってみたいと思うようになりました。

それで部活は演劇部に入りました。入るまでは、舞台に立ちたいと思うような人は、明るくて誰からも好かれるクラスの人気者タイプで、根っからの目立ちたがり屋の人なんだろうな、というイメージがありましたが、そういう人たちはどちらかというと体育会系の部活に入っていました。逆に、地味で目立たない、普段人前で自分を出せないシャイなタイプの人が演劇部にいました。自分も含めて、そういうタイプに限って、人前に立って何かを表現したいという願望があるようでした。

文化部は体育会系の部活に比べて、イケてない人が集まる部活というイメージで見られていたうえに、同じ文化部でも吹奏楽部などはまだ華があったのですが、演劇部は存在自体が認識されていないような部でした。

男子部員はいませんでした。

女子7人くらいの部で、体育館の隅っこで、地味に発声練習をして、体育部からは変な目で見られていました。年に一度の文化祭と卒業生を送る会で劇を発表する時だけ輝けるのですが、他の部からはやはりどこかバカにされているような感覚がありました。私は低くて男みたいな声をしていたので男役をやることが多く、悪魔の役を、当時流行っていた聖飢魔IIのデーモン小暮みたいな口調でやったらウケて一瞬人気者になったみたいで喜んだけど、演劇部に変な女がいるくらいにしか思われていなかったことでしょう。

そんなイケてない演劇部の中に一人だけ、スクールカーストの頂点のような女子がいました。Rちゃんという、学年で一番モテているという噂の子で、彼女は毎日いろんな男子に告白されているという伝説を持っていました。もっと華やかでモテる女子が集まるテニス部とかに行けよと思ったのですが、なぜか演劇部にいました。

Rちゃんは可愛くて口も達者なタイプ。女子の先輩にも上手く気に入られて部長に任命され、演劇部はRちゃんの言いなりの部になってしまいました。私はRちゃんのセンスの言いなりになるのが、耐えられませんでした。Rちゃんは演劇が好きというわけではなく、ただ自分がちやほやされたいがために演劇をやっているように見えたからです。Rちゃんはいつもヒロインの美少女役で、他の子は引き立て役みたいなのばかりやっていました。

クラスで自分を殺して過ごし、演劇をやっている時だけは自分の好きなことに没頭できると思ったら、そこでもカースト上層部の女子によって邪魔をされる。恨みがふつふつと湧いてきました。

今思えば、Rちゃんは私の邪魔をしていたわけでもなんでもないのですが、当時の私は、自分が上手くいかないのはイケてる女の子たちのせいだと思っていました。しかし、それで私がRちゃんと距離を置いたかといえばそうでもなく、Rちゃんと表向き仲良くすることで、自分も可愛い女子の仲間に入ったような嬉しさも感じていたりしました。もうそんな自分が情けなくて、情けなくて。

その後、中学を卒業し、高校では、放送部に入りました。演劇部はあったけれど、寂《さび》れていたからです。放送部には男子もたくさんいて、初めてそこで話が合う男子の友達ができました。何を話せばいいかわからないクラスの男子とは違って、共通の話題がある放送部の男子とは自然体で接することができ、やっと居場所ができて、部活ではのびのびと本来の自分でいられました。

放送部といえば、お昼の校内放送か運動会でアナウンスをするくらいの部としか認識されていないと思いますが、実はいろんな活動をしていました。年に2回、NHKが主催するコンクールがあり（野球部でいえば甲子園みたいな大会）、アナウンス部門、朗読部門、テレビ番組制作部門、ラジオ番組制作部門、それぞれ全国大会を目指して頑張っていました。アナウンス部門には将来アナウンサーを目指している人もいました。朗読は演劇にも通じる部分があったので、私は朗読部門で全国大会を目指しつつ、テレビ番組を作ったりして、結構楽しんでいました。そういう部分が現在の仕事にも繋がっていたりします。

でも、部活ではのびのびできていても、クラスに戻ると、「文化系＝オタク系」というう目で見られていて、体育会系の部活の人からは、下に見られているような気がしてなりませんでした。実際、テニス部に入っているようなスクールカースト上層部の可愛い子からは、冷ややかな目で見られていたと思います。でも、結局大人になって女子アナになるのは、彼女たちみたいな人だったりします。なんとも皮肉なものですよね。おまえら、あの頃、放送部バカにしてたくせに！　と思います。

クラスの男子とは相変わらず接点がなく、話せませんでした。部活に居場所を見出すも、やはり文化系のイケてない部類に属しているという劣等感はどこかであったのです（でもよく考えれば、文化系の部活に入っていても魅力的な女の子はクラスでもモテていたわけで、自分のクラスでのイケてなさを単に部活のせいにしていただけなのでした）。

ここは田舎で文化レベルが低いからだ。都会に行けばそんなことはない。そう思うことで自分を保っていました。そして、私の関心はどんどん東京へ向かうことになります。

ブスと上京

高校卒業後は、絶対に東京に行くと決めていました。東京で演劇がやりたいという思いと、イケてないブスな自分を知っている人が誰もいない場所に行きたかったというのもあります。新しい場所で自分のキャラをリセットしたかった。田舎でくすぶっている中高生が思いがちな、東京へ行きさえすれば、素敵な生活が待っているという、そんな夢を私も描いていたのです。

必死で勉強をして、第一志望の東京の大学に無事に合格した時は、自分が優等生でよかったと初めて思いました。中学生の頃は真面目とかガリ勉とか思われるのが嫌だったけど、勉強を頑張ったおかげで、東京にも行けて、やっとこのイケてない生活から脱出することができる。そういう気持ちでした。

スクールカースト上層部の、田舎でいい思いをした人たちは、ほとんどが田舎に残っていました。居心地がいいから、外に出たいとも思わないんだろうな。一生田舎に安住してればいい、と田舎をバカにしていました。田舎をバカにすることで、イケてない自分をなんとか肯定しようと必死だったんだと思います。

そして希望に満ち溢れて上京した私。ブスな自分を知っている人は誰もいない。新しいイケてる自分に生まれ変わる最大のチャンス到来。まだ18歳だし、メイクを覚えてオシャレな服を着て、素敵な女子大生に変身！……とはいきませんでした。

というのは、入学してすぐに念願の演劇サークルに入ったのですが、私が入ったサークルは、毎年9月に新人公演があり、入るとすぐに厳しい身体訓練が待っていたのでした。他のみんなが楽しいキャンパスライフをエンジョイしている中、ジャージを着て校舎の周りを何周も走らされたり、大声で発声練習をしたり。コンパ行ったり、遊びまくりの華やかな大学生活とは程遠い、修行僧のような生活を送ったのでした。メイクを覚えたりオシャレしたりする暇もなく、すっぴんにジーパン、Tシャツ&スニーカーが基本スタイル。どう考えてもイケてる女子大生にはなれていないのでした。

真夏だというのに暖房をガンガン入れた部屋で、10秒おきに打たれる手拍子に合わせて、面白い顔とポーズで静止するという拷問のようなことをやらされ、新人担当の先輩に「集中力が足りない！」「ヘラヘラすんじゃねえ！」などと怒鳴られまくりました。演劇って、意外と体育会系だったんだ……これまで思いっきり文化系で来て、身体能力も低い私は、その時点で全くついていけませんでした。

中学校の演劇部では、大きな声を出して堂々とやりさえすればいいみたいなレベルでしたが、役者というのはそういうものではないこともすぐに知りました。むしろ東京でいろんな劇団の芝居を観ていく中で、大きな声を出して堂々とやるタイプの演劇が恥ずかしいと思うようにもなりました。

新人公演はなんとか乗り切ったものの、これから先私は役者をやっていけるのだろうか？　という不安でいっぱいでした。そのサークルは新人公演が終わったら、自分たちで好きに劇団を立ち上げてもいいという自由なサークルでした。

役者は無理かもと思った時に、作る側のほうをやってみようかと思うようになりました。とにかく演劇が好きだったので、演劇に関われるのなら、出るほうでも作るほうでもどちらでもよかった。だけど自分はこういうものが作りたいというものが全くありませんでした。

そんな時、同期にいた三浦大輔という男が「ポツドール」というユニットを立ち上げることになりました。三浦くんが書く芝居はとても面白くて、当時の三浦くんは演技が下手な私でも生かされる配役をしてくれていました。

こんなに面白いものを書く人が身近にいるんだったら、私が作る必要はないと思いました。そう思いながらも、卒業後は役者をやりつつ、何か自分でも作ってみたいという葛藤もありました。

しかし卒業後、実際はバイトに追われる毎日。経済的な生活苦と、1章でお話ししたように、彼氏に風俗に行かれたことがきっかけで、私はAV業界に入ったのでした。

「俺の〇〇〇にそっくり」と言われて

「オマエ、俺のチンポにそっくりだな」

大学1年の春、私は同じクラスのとある男子に言われたのでした。

その頃の私の髪型は、前髪パッツンのショートボブ、いわゆるマッシュルームカットでした。上京して初めて入った高田馬場の美容室で、

「外国の少年みたいでとっても似合いますよ」

と美容師におだてられるまま短く切ってしまったのです。

自分が何者でもない時、人は服装や髪型でしか個性を表す術《すべ》がないものですよね。いかにも男ウケしそうなＪＪやらＣａｎＣａｍ系のチャラチャラした女子大生になるのは無理だと感じていた私は、今でいうと木村カエラのようなＣＵＴｉＥ系の個性派オシャレさんを目指すことにしたのです。その選択が間違いだったと気づくのは相当

後になってからなのですが……。

当時は、ああいう個性派オシャレこそ、元の造りが美形の人にしか似合わないということが全くわかっていませんでした。それを凡人がやっちゃったもんだから、チンポになっちゃったんですね。カエラのつもりがチンポ呼ばわりされるとは、乙女心がたいそう傷つきました。

それから私はクラスのみんなに「チンポカット」とからかわれ続ける羽目になり、その男子をたいそう恨んだのですが、それと同時に「女の子を自分のチンポに似てるだなんて、面白いことを言う人だな」と彼のことが気になっていきました。

私は、朴訥《ぼくとつ》としていてたまに面白いことをボソッと言うような男の人が好みなのでした。彼のほうも自分のチンポみたいな私を毎日見ているうちに愛着が湧いたのでしょうか？　なんと私たちは付き合うことになったのでした。

かくして私は、そっくりだというチンポとの対面も無事果たし、まるで兄弟のように仲睦《なかむつ》まじく幸せに包まれた生活を送りました。

彼は笑いのセンスがすごくあり、そんな彼と同じものを見て、同じところで笑う。好きな人と面白さを共有するということが、私の一番の喜びでした。

その喜びだけで満足していれば、幸せは続いたはずだったのですが……。


面白い彼に、私も面白い女だと思われたい。

そんな欲が私に芽生えてきたのです。

「今日こんな面白いことあったんだよ」

彼、爆笑。それが快感になり、彼を笑わせたい一心で私は女芸人と化していきました。トークだけにしとけばいいものを、ダジャレ、ものまね、一発芸……と、どんどん芸域を広めていった私。

いったい何を目指していたのでしょう?

気づいたら私は彼の目の前で、全裸ブリッジを披露していました。チンポみたいな髪型をした女が全裸ブリッジ。面白くないはずがありません。

「ほんっとおもしれーな、オマエ」

腹を抱えて笑う彼。

私は、サイコーに面白い彼に選ばれたサイコーに面白い女なんだ……そんな思考に酔っていました。

そして私たちはセックスレスになりました。

面白い男とセックスしたがる女はいても、面白い女とセックスしたがる男はあまりいないと思われます。男は、セックスの対象に面白さなんて求めませんものね。私の全裸ブリッジに爆笑する度に、彼のチンポはどんどん萎えていったことでしょう。完全なる悲劇です。

ただセックスレスの原因の一つが全裸ブリッジだったとは、その頃の私は全く気づいていませんでした。

「私に女としての魅力がなくなってしまったのかな」

私は真剣に悩んだのでした。

4章

ブスは救われたけど、男が遠のいた～三十路への道～

AVの仕事をして初めてやりたいことが見つかった

思春期からの様々なコンプレックスを抱えてAV業界に入った私ですが、1章、2章でお話ししたようにエロの世界で働くことで、コンプレックスが強みになることを知り、次第に悩みが解消されていったのでした。

そして、「レズナンパもの」を撮ったことがきっかけでADから監督になることもできました。当時、女の子同士のキスやペッティングを撮影する「レズもの」が流行っていたので、レズものの監督を依頼されることが増えたのです。

レズの撮影は、とても楽しかったです。女の子ばかりが何人も集まって、男優のいない現場は女子校の文化祭みたいなノリでキャーキャー楽しいし、みんなで頑張って早く撮影を終わらせよう！　と女優が一致団結して頑張ってくれるのです。責める役のベテラン女優がリーダーシップを発揮してみんなを上手くまとめてくれたりしました。ベテラン女優が率先していろんなことをやってくれるおかげで、他の女の子たちもハードなことでも文句を言わずにやってくれる。また、私もたまにバイブを持って責める役として参加したりすることで、女の子たちの仲間になれたような感覚が楽しかったりしました。かつてバイブを忘れて泣いてるところを撮影されただけで人生終わったと嘆いていた私としては、かなりの成長です。

また、AV女優が3人以上集まると、メイク室での会話がとても面白いということにも気がつきました。「私、監督スタンプラリーやってんだ。いろんな監督と片っ端からセックスしてスタンプためてくの」とか「あの子、犬とやったのが彼氏にバレてふられたらしいよ」「犬とはやっぱ兄弟になりたくなかったんじゃない？」など、女同士のあけすけな会話ってとても面白いと思いました。

でも、AVではエロが重要であって、こういう会話の面白さは特に必要とされていませんでした。私はこれを何か別の形で生かせないかなと思っていました。

2004年、27歳の時、私は約4年間勤めた会社を辞め、フリーの監督として独立しました。幸い定期的に仕事をもらえる会社とも出会い、収入も安定しました。会社員時代は、休みを自由に取ることができず自分の時間がほとんどありませんでしたが、フリーになったら自分のスケジュールは自分で決めることができる。この日休みたいという日があれば、それまでに仕事を終わらせておけば自由に休める。自分の自由な時間を手に入れることができると、もう一度演劇がやりたいという気持ちが湧いてきました。

そんな時、私はレズの撮影現場でのＡＶ女優たちの会話を思い出しました。これを舞台にしたら面白いのではないか、とひらめいたのです。

これまでふつふつとあった、演劇で何かを表現したいという思い。でも何を表現したいのか、自分に何ができるのかが見つからず悶々としていました。そんな気持ちを抱えたままＡＶの仕事をしてきましたが、そこで見たり体験したりしてきたこと、それがそのまま私の個性になっていました。

ＡＶやエロの話には誰もが興味津々に耳を傾ける。これまで誰も私の話なんか聞きたがる人はいないと思っていたけれど、ＡＶ業界という特殊な場所で仕事をすることによって、私の話を聞きたがる人が増えたのです。語るべきものを何も持たなかった私が、ＡＶの仕事をしたことで、自分の言葉を持つことができた。

私だけにしか表現できないものが見つかった瞬間でした。

そうして、ＡＶ撮影現場でのＡＶ女優の人間模様を描いた舞台、『女のみら』ができ上がったのでした。

テーマは〝女〟

それは、29歳になろうとしていた時でした。その頃、演劇サークル時代の仲間は、先述した三浦くんが立ち上げた「ポツドール」という劇団で活躍していました。私と同い年で当時ポツドールの看板女優だった安藤玉恵さんと久しぶりに会って飲んだ時に、30歳になるまでに一緒に芝居をやりたいねという話になりました。そのことがきっかけで、ポツドールの特別公演として、私の脚本・演出で『女のみち』をやらせてもらえることになったのです。

『女のみち』はAV撮影現場の控え室を舞台に、タイプの違う5人のAV女優の人間模様を描いた作品です。脚本を書くに当たって、まずキャスティングを考えました。

安藤さんは、当時ポツドールの看板女優として共演者のみんなから慕われる良きリーダー的な存在でした。それをヒントに、AV撮影現場を仕切るカリスマレズ女優の役がぴったりだと思いつきました。安藤さんと共演したいという女優さんも多く、他の４人も次々と決まりました。

そこで、５人の女優を集めて女子会をやりました。女だけの飲み会では、男がいる前では決してしないようなぶっちゃけ話が飛び交いました。どこかで見覚えのある光景だなと思ったら、それはＡＶ女優の控え室での会話と一緒だったのです。

女が３人以上集まった時の会話や人間模様はどこの世界でも共通する部分があるのではないか。普通のＯＬの世界でも女子高生でも、一緒なのではないか。ＡＶの撮影現場という特殊な世界を舞台にしながらも、〝女〟の生態という普遍的なものを描けるのではないか。そう思いました。

脚本を書く際には、幼い頃から培われた私の観察眼が役に立ちました。小学生の頃書いていた「わるものメモ」と同じ感覚で、これまで見聞きした女の子たちの言動を、全て脚本に詰め込みました。

そうしてでき上がった、私の初脚本・演出舞台『女のみち』は、多くのお客さんに観ていただくことができました。当初やりたかった演劇を置き去りにしたままＡＶの仕事を続けているという後ろめたさがずっと心のどこかにあったのですが、それが一気に晴れたのでした。

自分がこれまでやってきたことが全て報われたという感覚でした。そして、自分が面白いと思って描いた世界が、目の前の舞台上で実現されていく快感、それを観た人と面白さを共有できる快感は、これまで味わったことのない、特別なものでした。その快感に病みつきになった私は、1年後、再び舞台をやることになります。

〝女〟をテーマにした舞台の第2弾は、男との恋愛を通して浮かび上がる女の人間模様を描こうと思いました。というのは、当時、私自身が男問題で悩んでいたからです。

初めて付き合った彼氏とは、セックスレスだったことと、性に対して奔放な人が多いエロ業界で仕事をしていく中で、私自身の貞操観念がだんだん崩れていったこともあって、だいぶ前に別れていました。その後に付き合った男とは、彼が陰で出会い系をやっていたことが許せず別れました。

AVの仕事をしてから、男の生態というものがだいぶわかるようになり、男が風俗に行ったり浮気をしたり、いろんな女とセックスしたがるのは仕方のないことだと思えるようになりはしたものの、自分が好きな男、付き合っている男に対しては、どうしても理想を求めてしまう。私の理想は、私だけを好きでいてくれて、私だけに勃起し、他の女には一切興味がなく、性欲も湧かないという彼氏でした。

でも、実際に好きになる男は、なんだかんだで女癖が悪い人ばかりでした。最初から女癖が悪いとわかっている男でも、なぜか自分と付き合ったら変わるはずだと思い、結局、女癖が直らないことに苦しんで、その腹いせに自分も浮気して自爆したり……。

そんな時にたまたま元彼が被《かぶ》ってしまった女友達と腹を割って話す機会がありました。「あの人ってこういうところがムカつくよね。でも、こういうところは素敵だったよね。でも付き合っていくのはつらいよね」みたいな話で盛り上がりました。好きな男を共有した女同士というのは、憎み合うべきライバルであると同時に、同じ痛みをわかりあえる同志のような存在でもあったのです。

たとえ男が被ったとしても仲間と思って仲良くしてしまえば、女同士は楽しくなるという感覚がとても新鮮でした。そこで思いついたのが、一人の男を共有したライバル同士の女たちが一致団結して仲良くなっていくというストーリーでした。

デリヘル嬢たちの待機マンションの一室で、店長の男とそれぞれ関係を持ったデリヘル嬢たちの人間模様を描いた舞台『女の果て』は、ポッドールの特別企画第2弾として上演され、成功を収めることができました。

ブスは救われたけど、男が遠のいた

『女の果て』で、当時付き合っていた女癖の悪い彼氏への愛憎入り乱れた感情を出しきったことで何かがふっきれたのか、私は彼氏と別れてしまいました。それからはたいした出会いもなく、ぼんやりと過ごす毎日でした。

そんな私を見かねた親切な知人男性が、合コンを企画してくれることになりました。合コンなんて大学時代に一度だけ行ったきり。人見知り体質の私は、初対面の男、しかも出会い目的の場に集まった男たちが全く受け付けられず、男からも特に相手にされずで、行ったことを激しく後悔したという思い出しか残っていません。だけど、そんなことを言っていたらいつまで経っても出会いなんてないかもしれないという三十路の焦りも襲ってきて、たまには行ってみるかという気になったのでした。

「こっちはイケメンサラリーマンを揃《そろ》えるから、マキさんは可愛い子を集めてくださいね」

そう言われ、〝合コンに自分より可愛くない子ばかりを集めるサムい女〟と思われたくない一心で、私は自分の知り合いから思いつく限りで特別可愛い子ばかりを集め、最強布陣で合コンに臨んだのでした。

「今日はレベル高いっすねー」とテンションが上がる男性陣を見て、「私の人脈を使えばこんなもんよ」とドヤ顔の私。気づけば、自分の出会いなどそっちのけでプロデューサー感覚になってしまい、いい女を紹介することで相手の男を喜ばせる快感に浸っていたのでした。

そして、合コン終了後の男側の反省会にもなぜか参加し、気に入った子にどういうメールを送れば口説けるかを真剣に男にアドバイスしている私がいました。

「いやー今日はどうもありがとうございましたー」

ご満悦で帰って行くリーマンを見送り、私はいったい何をやってるんだ……と一人反省したのでした。


ＡＶ監督の仕事は、男が喜ぶエロいビデオを作ること。常に男側に立って、男が求めるものを日々研究してきました。この女の子は可愛いなーとかこの女の子のこういうところがエロいなーとかいうオヤジ目線を持つ癖がついていたのです。自分の中に女目線とオヤジ目線が同居している状態なのでした。

エロの現場で働いたことで自分の中のブスは救われたし、演劇で表現することもできるようになったけれど、いつのまにか「オヤジ目線」が内在化していて、女としての「モテ」から遠く離れていることに気がついて愕然としたのでした。

女AV監督と聞いてドン引きする男、変な興味を持つ男

合コンの一件で、こんなんじゃいつまで経ってもいい出会いなんてない！　と反省した私。大勢の人が集まる飲み会に参加する機会があり、そこではオヤジ目線は完全に封印することを決意して臨みました。

隣に座った男が突然、「この前ハプバーに行ってね……」と、〝ハプニングバー〟での武勇伝を語り始めました。ハプニングバーとは、性的に様々な興味を持った男女が集まり、お客さん同士で突発的な行為を楽しむ場所です。

ここで、エロ話で盛り上がってしまってては絶対ダメだと思い、

「えーすごいですねー。ハプニングバーってほんとにハプニングが起こるもんなんですかー」

と、可愛子ぶった対応をしていました。すると、男はその反応に喜んでドヤ顔で武

勇伝を語り続けました。そこまではよかったのですが……。

一緒に参加した女友達が迂闊《うかつ》にも、私がAV監督をやっていることをその場でバラしてしまったのです。すると一転、ドヤ顔で武勇伝を語っていた男は、急にドン引きした表情になり、なんも言えねえ……状態。エロの世界を知り尽くしているAV監督に偉そうにハプバーの話をしてしまい、恥ずかしくてしょうがないという心境だったのでしょうか。いつの間にか男は私の隣から席を移動していました。AV監督だからってハプバーに精通しているわけではないのですが……。

それからというもの、私に話しかける男はみんなAVの裏話に興味津々の輩《やから》ばかり。「撮影現場を見学させてもらえませんか？」だの「AV女優と合コンセッティングして〜」だの。私は女として見られることもなく、完全にイロモノ扱いになっているのでした。

ごくたまに、エロに関しては強者《つわもの》ですよという感じの男が、あらゆるタイプの女を落としたいと思うのか、AV監督をやってるくらいだからとてつもなくエロい女に違いないと思うのか、変な興味で近寄ってきたりもするのですが、そんな男性と真剣にお付き合いできるわけがありません。

これはなんだか、困ったことになったぞ。自分の興味の赴くままにこれまでやってきてＡＶ監督という職業にたどり着いたけれど、男ウケなどは全く考えていませんでした。一から出会いを探そうとした時、女でＡＶ監督という職業は非常に不利だということに、今頃になって気づいたのでした。

ちなみに男のＡＶ監督の話によると、ＡＶ監督をやっていると名乗ったほうが、女にモテるのだそうです。女性からすると、ＡＶ監督は自分の女としての魅力を引き出してくれそうという期待があったり、これまでたくさんのいい女を撮影してきたＡＶ監督が自分を選んでくれたら、女として認められたという気持ちになれる、という感覚があるみたいです。これが男女逆だと、ＡＶ男優のすごいセックスをたくさん見てきた女監督の前では気が引ける、となるだけです。何て不公平な。

男の好みが変わった事件

私には高校時代に憧れていた男の先輩がいました。高校生にして、この人は何かすごい才能を持っていると思えるようなカリスマ性がある人でした。存在感がない、ぼんやりしていて自分の考えをはっきりと言えないというコンプレックスを持っていた私は、自分というものをしっかり持っているカリスマ性のある人に惹かれる傾向にあったのです。「オマエは落ち着きがないな。落ち着け！」とある日その先輩に指摘され、そんなことを言ってくれるなんて、私をちゃんと見てくれている証拠。なんてすごい人なんだ！　と感動して好きになったのでした。

その先輩とは付き合うことにはなりませんでしたが、大人になってからも交流があり数年に一度、飲みに行くという関係が続いていました。先輩はカリスマ性を発揮して起業し、とある会社の経営者として活躍していました。若くして結婚し、今は二児の父。会う度に人生の先輩として、アドバイスをもらっていました。

先輩には私の仕事のことも正直に話していて、「オマエ、面白そうなことやってんなー。特殊な業界でよく頑張ってるなー」といつも励ましてくれ、昔からの憧れの先輩にそう言ってもらえることが、私はとても嬉しかったのでした。

その先輩と久しぶりに飲んだある日の出来事です。先輩は酒がまわってくると、早く結婚しろだの、早く子供を産めだの、説教オヤジモードになっていきました。そういうふしは私が三十路に突入し始めてからあったのですが、アドバイスということで聞き流していました。

でもその日の先輩は違いました。私が自分のやりたいことがやっと見つかって、舞台も成功したし、仕事が楽しいという話をしていたら、いきなり「子供が生まれた時に、オマエは仕事を辞める覚悟はあるのか」と言ってきたのです。さらに、「政治家でもAV監督でも、世に名前が出るような職業の親を持った子供は学校で確実にイジメられる。そういうことに関してはちゃんと考えているのか」と言うのです。いくら尊敬してきた先輩とはいえ、さすがにこの発言には私も腹が立ちました。

私はひと言も「結婚したい」とか「子供を産みたい」と言った覚えはないのに、一方的に結婚しろだの子供を産めだの勧めてきて、あげくの果てには「子供のことを考えて仕事を辞める覚悟はあるのか」だなんて！　急に不機嫌になった私の顔を見て、先輩は「オマエ、暗いなー。人を不幸にするオーラを出してるなー」と言ってきました。

昔の私だったら、そんなことを言われたらその場でメソメソ泣いてしまっていたと思います。だけどその時、私は決して泣きませんでした。それどころか、「こんな酷いことを言われて明るい顔ができる人がどこにいるんですか！　私は今、これまで生きてきた中で一番明るく前向きに頑張っていると自分で思ってます。それを暗いとか人を不幸にするだとか言われるなんて心外です！」と初めて先輩に反論したのでした。

いつもウジウジしていた私が、自分の意見をはっきり言えるようになっていることに気づいて、自分でもびっくりしました。昔から、自分の意見をはっきりと言える強い人に憧れていました。自分がないからこそ、先輩のようなカリスマ性のある男を好きになっていました。だけど、自分のやりたいことを見つけることができた私は、いつのまにか自分の意見をはっきり言える強い人になれていたようです。

憧れていた自分に近づけたけれど、そうするとこれまで憧れてきたカリスマタイプの男とは、ぶつかってしまうことに気がつきました。きっと先輩からしても、自分の発言に「すごい!」と感動したり、欠点を指摘されると泣いてしまうような昔の私のほうが可愛いと思ったはず。

複雑な気持ちになり、悔しいやら哀《かな》しいやらで、先輩と別れた帰り道、私は一人泣きながら歩いていました。すると携帯の着信が鳴り、先輩からメールが届きました。「さっきはなんかすみません。これも可愛い後輩と思ってるからこそ言ってしまったんだ……ということで勘弁してください」。……「ということで勘弁」って部分、余計だし。これまでずっと憧れの存在だった先輩に失望してしまったのでした。

この事件をきっかけに、私はカリスマタイプの男がすっかり苦手になってしまったのです。

私の心のデスノート 通称〝ブスノート〟に刻印された男たち

先の事件に象徴されるように、30歳を過ぎてから、好きな男ができるどころか、嫌いな男ばかりがどんどん増えていきました。女に関しては痛みをわかりあえる同志という感覚が強まって、若い頃には苦手と思っていたタイプでも受け入れる寛容さが持てるようになってきたのですが、男に関しては真逆で、許せないことばかりになりました。嫌なことを言ってくるのは必ず男。ムカつくのはみんな男……。

初対面なのに気安く「オマエ」と呼んでくる男（女はみんなオマエと呼ばれたら喜ぶと思うな！）。

「何か面白いことを一緒にやりましょうよ！」と言ってくる男（面白くない奴に限ってそういうこと言う！）。

仕事で生き生きとしている女をつぶしにかかる男（男の嫉妬は怖い！）。

元カノの悪口を言う男（そんな男と付き合いたくない！）。

同年代の女を「オバサン」とバカにする男（オマエもオッサンなんだよ！）。

結婚した途端、「うちのヨメがー」「うちの子供がー」という出だしから始まる話しかしない男。

「ヨメより僕の方がオムツ替えるの上手いんですー」と言うイクメン気取りの男（ヨメより上手いってわざわざ言うところがそもそも女をバカにしてる）。

結婚してるくせに気安く「付き合って」というオヤジ（妙齢の女性の婚期をどうお考えなのでしょうか？）。

ガサツな男、デリカシーのない男。偉そうな男。

ネックレスをしている男（なんかやだ！）。

ネックレスに十字架とドクロ両方ついている男（どっちかにしてくれ！）。

最後のほうはただのいちゃもんですが、こんなふうにして私の心のデスノート、通称〝ブスノート〟に刻印される男ばかりが増えていくのでした。

「ブス会＊」を立ち上げました

そうやって男に希望が持てなくなった私は、もう恋だの愛だのは当分忘れて、自分の好きなことをやることだけを考えようと思い始めました。これまで舞台の脚本と演出を2本やってみて、とても楽しかった。面白い芝居を作ることに集中している時は、嫌なことを忘れることができます。むしろ、嫌な目に遭ったことを脚本に書いて発散することができる。改めて自分のユニットを立ち上げて、芝居をやっていきたいという気持ちが強くなっていきました。

〝女〟をテーマにした芝居を作るユニットを立ち上げることを決めた私は、ユニット名をどうしようか悩んでいました。

その頃、ＡＶ業界で働く女性たちと定期的に女子会をやって、みんなで男の悪口で盛り上がったりしてストレスを発散していました。それを知った周りの男たちが、

「あいつらまたブス会やってるらしいぜ」と私たちのことを「ブス会」と呼び始めました。ブス呼ばわりされて、「私たちブスの集まりではないよねー」と言いながらも、「ブス会」という響きがなんだか面白くて、いつしか「またブス会やろうよ」と自ら名乗るようになっていました。

その時、「ブス」という言葉が恐怖ではなくなっていることに気づきました。昔は自分はブスだと思って苦しんでいましたが、コンプレックスを強みに変えてからは、周りからどんなにブスと言われようが気にならなくなったからだし、そもそも、「ブス」という言葉が容姿のことだけを指すものではないという感覚があったからです。ブスノートに刻まれた男の悪口を言ってストレス発散する行為自体が「ブス」なのだという。自分たちのことを自ら「ブス会」と名乗ることで、「ブス」という言葉を楽しむ感覚。そういう女性心理が「ブス会」という言葉には詰まっていると思いました。

「ユニット名は、ブス会でいこう！」

こうして演劇ユニット「ブス会＊」を立ち上げたのでした。

その後「ブス会」でネット検索してみると、アイドルグループＡＫＢ内のユニット

「ノースリーブス」のメンバーが、プライベートで集まる会を本人たちで「ブス会」と呼んでいるということを知りました。アイドルになるような可愛い女の子たちも自ら「ブス会」と名乗って楽しんでいる。そして、巷《ちまた》でも女子会のことを「ブス会」と呼んでいる女の子たちが増えていました。

「ブス」という言葉は世間一般的にも、もはやネガティブな言葉ではなく、カジュアルに使われる言葉になったんだなあ、と思いました。

「ブス」という言葉が恐怖の言葉ではなくなった世界では、女はより強く、前向きに生きていけるような気がしました。

女AV監督は男に相談されやすいけれど……

AV監督をやっていると、初対面の男からセックスにまつわる武勇伝やら悩みやらを打ち明けられることが多いです。普通の女に言ったらセクハラと訴えられそうな話でも、AV監督なんてやっている女にならしてもいいだろうと安心するのでしょうか？　私は私で、男のオナニーネタを作るという職業柄、そういった男の本音は商品開発の参考にもなるのでついつい興味津々に聞いてしまいます。するとますます嬉しそうに話し続ける男たち……。おかげ様で、ものすごく男性経験豊富な女性になった気になるくらい、いろんな男の性癖について詳しくなってしまいました。

そのせいか、男をパッと見ただけで、その人のセックスの嗜好がだいたい予想できるようになったのです。なんとなくの勘で言っても、これが結構当たるので、私が初対面の男の性癖を当てるというのが、いつしか飲み会での余興になってしまいました。

そういう席では下ネタが一番盛り上がるので、私は毎度注目の的となるわけですが、はたして初対面の女に「クンニ顔ですね」とか「あなたは言葉責め顔」とか「幼児プレイ顔」だとか言われて、喜ぶ男がどこにいるのでしょうか？　仮に喜ぶ人がいたとしても、そんなこと言ってくる女は恋愛対象になるわけがない。AV監督という肩書きだけでもハンデがあるというのに、私は自ら新しい出会いの可能性（恋愛対象として）を狭めているのでした。

先日、私が演出を担当した芝居の顔合わせの飲みの席でのこと。私が主宰している「ブス会＊」の出演者は女ばかりなのですが、その公演はプロデュース公演ということで私にとっては珍しく男性キャストが多く、いつになく緊張していました。演出家という立場ではあるけれど、ちょっとはモテてみたいなーという欲が正直なくもなかったのだけれども……。

宴もたけなわになってきた頃、誰かが言いました。

「ペヤンヌさんはね、その人の顔を見ただけで性癖を当てられるという特技があるんだよー」

それを聞いたみんなが面白がって「じゃあ○○さんの性癖は？」とその場にいる男性陣の性癖を順々に私に当てさせるという流れになってしまったではありませんか。

うーん。困ったことになったな……。こういう流れになってしまった以上、「えーそんなことできませーん」と言うのも場が白けてしまう。しかし、やるからには当てていかないといけない。一人でも外れようものなら、「なーんだ」と演出家としての私の鑑識眼まで疑われることになってしまう。それだけは嫌だ。そういう思いと、単純に人を楽しませたいという、エンターテインメントを志す者としてのサービス精神からか、ついつい「○○さんは、人からはSに見られることが多いけど実はドMでしょ?」だの「あなたは……巨乳に顔をうずめて喜んでいる姿が見えます」だの透視の先生みたいになってしまった私。

でもこれが当たるんですね。「そうなんです。いつも付き合う女にSを求められて本当の自分が出せないんです」。「なんでわかったんすか? 俺が巨乳好きってこと」(ドMや巨乳好きは多いので、当てたところですごくも何ともないのですが)。そういう反応が返ってくると、やはり嬉しくなってしまいます。

しかし、一人だけ外れた人がいました。「あなたはズバリ、クンニ顔です。女の子がもうやめて! と言っても延々とクンニを続ける姿が見えます」と言ったTさんでした。Tさんは私に告げられるや否や「外れてますよ。クンニ好きじゃないです」と少々ムッとした顔で否定しました。ああ、こういうことがあるから調子に乗ってやるんじゃなかったと反省しました。

その後、Tさんとは稽古場でも何かとギクシャクしがちで苦労しましたが、彼はいい役者で、最終的には芝居はいいものになりました。すると打上げの席で、Tさんは私に言いました。

「あの時は思わず反発心から否定しちゃいましたけど、ほんとはクンニ好きです」

苦手なタイプだと思っていたTさんが、クンニ好きだと打ち明けてくれて、なんだか嬉しい気持ちになったのでした。

5章
生きづらい女の道をポジティブに乗り切れ！

同窓会で待ち受けていた女友達の幸せ自慢攻撃

32歳の時、同窓会の案内が来ました。中学の時の演劇部の同窓会でした。演劇部のメンバーは、私以外はみんな地元で暮らしている様子で、かれこれ15年くらい会っていませんでした。

これまで同窓会の案内が来ても、暗黒の中学時代を思い出したくない一心で避けてきましたが、今回は参加してみるかなという気になりました。

30代になって生活に余裕が出てきてメイクや服装にも気を遣うようになり、自分に似合うものがわかってきたこともあり、見た目を褒められることも増えてきました。中学時代のイケてない私はもういない。素敵な大人の女（笑）に変身した私をみんなにアピールしたい。さらに、東京で自立し、好きだった演劇も続けている自分をちょっとは自慢したいという気持ちが心のどこかにあったのだと思います。

当日、指定された待ち合わせ場所の居酒屋に行くと、「団体でご予約の〇〇様でございますね」と店員から知らない名前を告げられました。演劇部にそんな苗字《みょうじ》の人はいなかったはず。店を間違えたかな？　とあたふたしていると、そこにあのRちゃんが登場。「あ、ごめーん。わかりづらかったよね？　私の今の苗字で予約しちゃったからさー」

そういうことか。それなら最初から教えといてくれよ。とのっけからイラッとしたのですが、まあまあ、しょうがない。大人の女になった私はそれくらいのことで目くじら立てたりしませんよ。それより、15年ぶりに会ったRちゃんは、Tシャツにジーパン、ノーメイク。歳のせいで目もくぼんで、田舎の貧相なオバちゃんに成り果てているではないですか。そんなRちゃんを見て、私は瞬時に「勝った」と思いました。

ところがです。みんなが揃って乾杯した後、幹事であるRちゃんから、「ここで順番に近況報告を行いたいと思いまーす」と近況報告タイムが設けられました。私は今の仕事をどう説明しようかと悩みました。AV監督をやっているなんて言ったら引かれるだろうし、地元で変な噂流されても嫌だしなー。ここは映像関係の仕事をしなが

ら演劇もやっているということで濁すしかないかーなどと悩んでいると、Rちゃんが
「ではまずは私から。私はー、23の時に結婚してー、何で今のダンナを選んだかというとー、私が怪我で入院した時に、たくさんのボーイフレンドがお見舞いに来てくれたんだけど、その中で今のダンナが一番甲斐甲斐《かいがい》しく通ってくれて、いい人だなーと思って決めました！　今子供は3人いてー」と、なんと、いかにこれまで自分がたくさんの男にモテてきて、その中から今のダンナを選んで、という自慢話を延々語り始めたのです（ボーイフレンドなんて言葉久々に聞いた……）。

私が唖然《あぜん》としていると、他のメンバーもRちゃんに続いて、旦那との馴れ初め、何歳で結婚して旦那は何をしている人で子供は何人いて、という内容の自己紹介タイムになったのでした。そして、私以外は全員結婚していました。この場で私が報告することは、何もない。そう気づくと同時に私の順番が回ってきました。

「えーっと……今は東京で仕事してます。結婚はまだしてません……」

以上！

するとみんなに「彼氏は？　彼氏は？」と聞かれ、「今はいない……」と答えたところで私の自己紹介タイムは終了。心配していた仕事の内容まで聞いてくる人は誰一

人いませんでした。元演劇部の集まりだというのに、最後まで演劇の「え」の字も話題には上りませんでした。

そこでは、自分がどんな仕事をしているかということはどうでもよくて、いつ結婚して、どんな旦那がいて、子供が何人いて……ということしか重要ではなかったのでした。結婚していなくて子供もいない私は、その同窓会では語るべき言葉は一つもなかった。

その状況に愕然とする一方、高校を卒業した時に上京してよかったと心の底から思いました。もしずっと地元にいたら、AV監督になることもなく、演劇をやるチャンスもなく、彼氏もできなかったかもしれません。そしてコンプレックスが解消されないまま「結婚して子供を持つのが幸せ」という価値観の中で暮らすことになっていたでしょう。東京に出てきて本当によかった。そう思いました。

でも、同級生たちに「彼氏もいないなんてかわいそう」という同情の視線を向けられると、何とも言えない敗北感を覚え、それは日に日に大きくなっていくのでした。

コンプレックスをやっと卒業できたと思ったら、次に待ち受けていた三十路の焦り

思春期に味わった劣等感をやっと克服できたと思った矢先の同窓会事件。ここへきて、「まだ結婚していない」「まだ子供を産んでいない」という新たなもやもやが生まれたのでした。

30歳を過ぎてから、実家に帰った時の親のプレッシャーは日増しに募っていきました。正月に実家で、大家族番組「ビッグダディ」を観ていたら、孫欲しい病にかかっている母に「自分の子供一人も産んでないくせによその子供を見てなにが面白いとね！」と怒られました。また、親戚の家で子供と遊んで「可愛い～」と言ったら、子供の母親に「よその子供を可愛いと言ってるうちが一番楽でいいよね」と皮肉を言われたりもしました。そういえば中学生の頃、家庭科の教師が40代の独身女性だったの

ですが、「子供を産んでもいない人に家庭科を習っても説得力がない」と子供ながら酷いことを言っていた自分を思い出しました。その言葉が自分に返ってくることになろうとは。

何なのでしょうか、この居心地の悪さ。いい歳して子供一人も産んでいないというだけで。

この気持ちは、どこかで経験したことがあると思ったら、あれでした。高校時代、処女だった私は、初体験を済ませた途端に下ネタ解禁になった女友達のエロ自慢話を聞きながら、彼女たちが遠い世界の住人になってしまったように感じていました。

経験のない者はその話に参加することもできないのです。あの頃の焦燥感。セックス自体を経験してみたいという純粋な欲求よりも、「セックスのことを話してもいい権利を早く得たい」という気持ちのほうが強かったのかもしれません。大学生になって処女ではなくなった際、私が最初に思ったことは、「やっとセックスのことを話してもいい権利を得た」ということでした（それからずいぶんとドヤ顔で女友達とセックス談義に花を咲かせました……）。

30歳を過ぎていつのまにか芽生えた「自分の子供が欲しい」という漠然とした願望

も、種を保存しようとする遺伝子に操作されているとはいえ、「出産や子育てについて話してもいい権利を早く得たい」という気持ちがあったのかもしれません。

結局、思春期の頃の「周りは彼氏ができているのに自分にはできない」という悩み、それが今度は「周りは結婚して子供もいるのに、自分には夫も子供もいない」という悩みに代わっただけじゃないか。そのことに気づいて私は愕然としました。しかも悩みの重さが全然違います。彼氏を持つのに年齢のリミットはありませんでしたが、出産には確実にリミットがあります。

あの頃いい思いをしてきたRちゃんみたいなスクールカースト上位の女たちを、大人になって見返すことができたと思い込んでいたら、全然そうではなかった。こっちがやっとの思いでコンプレックスを克服している時に、あの人たちは、「結婚」「出産」という、俗にいう「女としての幸せ」をすでに勝ち取り、楽々と次のステージに進んでいたのです。

結局、思春期からのコンプレックスをこじらせた人間は、いつまでもコンプレックスに囚《とら》われて、「女としての幸せ」を逃しているのでは？　と思うと、絶望的な気持ちになりました。そんな世間一般的な幸せの概念なんて、誰にも当てはまることではないし、特に私は特殊な仕事をしているのだし、そんなことに囚われる必要は全くないのですが、どうしてもそれを気にしてしまう自分がいました。それは、〝他人から幸せに見られたい〟という欲を捨てきれないからなのでした。

早く結婚して、そういう悩みから解放されたいと思う一方で私の男の好みは、もはやよくわからない状態に突入していました。

これまで男っぽい男性に惹かれていたのが、そういう男性性が傲慢《ごうまん》なものに思えてきて男らしい人を受け付けなくなってきました。どちらかというと中性的な魅力を持った男性に惹かれるようになりました。また、今まで年上ばかり好きになっていたのが、年下にも興味を持つようになりました。

そしてフィギュアスケートの羽生結弦くん（2013年8月現在18歳）にハマってしまいました。少年と大人の男性の中間みたいな魅力。こんな息子がいれば幸せだろうなーと思えるようなタイプ。息子なんていもしないのに。

恋愛感情と母性本能がごっちゃになってわけがわからなくなり、迷走状態に陥っているのでした。

よく女は30過ぎると年下好きになるという話を聞いて自分にはちっともわからないと思っていましたが、こういうことなのかと納得できました。でも自分の息子にしたいようなタイプと、現実的にセックスが想像できるかというとそこは全く繋がらないわけで、完全にプラトニックな感情なのです。処女時代に好きな人と性欲が結びつかない、あんな感じとも似ていて。だから、現実的に、結婚やら出産とは全く繋がらない不毛な恋愛感情だけが湧き起こっていて、いい歳して何やってんだという男関係の現状なのでした。

他人の幸せブログ、フェイスブックをチェックするのはリストカット行為

　そんな状況の中、同窓会で再会したことがきっかけで昔の友達とフェイスブックで繋がり、その後の彼女たちの近況を嫌でも知らされる羽目になるのでした。

　そこには結婚記念日の祝いに旦那と思い出のレストランに行った写真、可愛い子供たちとバーベキューに行った写真、家族で海外旅行に行った写真、大きな庭付きの新築マイホームの写真など、数々の幸せ写真が披露されているのでした。

　それを見せられていると、あの同窓会での幸せ自慢大会が延々と続いているような感覚になりました。

　こんなもの他人に見せてどうすんだ？　という苛立《いらだ》ちから、「あの子、ジャニーズ系のイケメン好きだったのにうすらハゲのオッサンと結婚しちゃったんだ」とか「〇〇ちゃんは美人なのに子供はあんまり可愛くないいんだな」とか毒づいてみたり。はた

また「20代前半で子供産んでたら、高校生の息子がいるんだ」としみじみ思ってしまったり。みんなが幸せアルバムを着々と増やしていっているのに、私には何もない。私は何一つ持ってない。これまで私は何をしてきたんだ？　という気持ちになって落ち込んだりもしました。

そんな気持ちになるなら見なけりゃいいのに、なぜか思わず見てしまうのです。仕事がいち段落して、ふと暇になった時とかに……。

その行為はどんどんエスカレートしていき、辻ちゃんや紗栄子などママタレのブログを定期的にチェックするようになりました。私が大学生の時小学生だった辻ちゃんが、もう三児の母かー。同世代ならまだしも子供だと思っていた層にまで先を越されるとは。その子供も気づくとすぐに大きくなっているし、このままうかうかしていたら、辻ちゃんの娘にすら先を越されるかもしれない……。

と、考えても全く意味のないことを悶々と考え続けてしまうのでした。

他人の幸せと、日々仕事ばかりで結婚や出産の予定どころか彼氏すらもいない自分の現状とのあまりのギャップに、気絶しそうになる。でもその行為がどこか快感でやめられないのです。自分の心をわざと痛めつけることで生きている実感を得る。痛みを通り越して快感になる。

何かに似ていると思ったら、これは私なりのリストカット行為なのだと気づいたのでした。

自虐という名のドラッグ

リストカットの次に私がハマったのが自虐行為でした。仕事仲間や友達と話している時、ツイッターで、ことあるごとに自分が独身であることをネタにするのが癖になってしまったのでした。

「一人暮らしもここまで長くなると、毎日猫に話しかけるようになっちゃうよね。このままいくと完全に猫オバサンだよ」

とか、

「肩こりが治るっていう高級マットレス（シングルサイズ）を衝動買いしちゃった時、結婚したら使えなくなるからもったいないなかったなーと後悔したけど、それから5年も愛用しちゃってますー」

とか。

他人から惨めに思われたくないという思いから、自虐ネタにして自ら笑い飛ばすことによって、楽になろうとするのが癖になりました。

自虐の内容もどんどんエスカレートしていき、

「このままいくと〝孤独死〟って言葉が脳裏に浮かびますよねー」

とかになったりして、自虐ももはや笑えなくなってきました。笑い飛ばして楽になるために自虐ばかりしていたら、どんどん卑屈な人間になっていってる自分に気づいたのでした。


もともと、ポジティブすぎる人間が苦手でネガティブ思考をよしとしてきました。人間、ネガティブな部分があってこそ、それが原動力になって這《は》い上がれるような気がしていました。これまでコンプレックスを克服してきたように。

しかし、どんどん歳を取るごとにコンプレックスや悩みの内容は重くなっていく。自虐の泥沼に嵌《はま》って自分を見失ってしまいそうになる。自虐ばかりしてこのまま歳だけ取って、卑屈なオバちゃんになって誰にも相手にされなくなるのが怖くなってきました。

ブスと呼ばれる恐怖は消えたけど、今度は惨めなオバちゃんと思われる恐怖が襲ってきたのでした。

主婦の世界を覗いてみたら……

　そんな悶々としていたある日、新聞広告の求人欄を見ていたら、「主婦3人ひと組で富裕層のお宅をお掃除する仕事です」というハウスクリーニングのパート募集の記事が目に入ってきました。面白そうな仕事だな、と思いました。

　それまでAV業界でしか働いたことがなく、特殊な世界が日常となってしまっていた私は、30歳を過ぎてから逆に普通の世界に興味を持つようになっていました。普通に結婚して子供を育てている女の人たちは毎日どんな生活をしているのだろう？　普通の主婦の世界を知りたいと思いました。それに富裕層のお宅を覗き見できるなんて、「家政婦は見た！」みたいで面白そう。探偵みたいにいろんな場所に潜入するのが大好きな私にはうってつけの仕事に思えました。そういう時の行動力だけはある私は、早速お掃除バイトの面接に出かけたのでした。

事務所は普通の一軒家でした。ゼブラ柄のカットソーに、エメラルドグリーンのアイシャドウをしたお婆ちゃんが現れました。その派手な柄のトカゲみたいなお婆ちゃんが店長でした。

基本は一軒2時間、3人で分担して掃除する。要は限られた時間内でいかに手際よく丁寧にできるかということでした。

「ちょっとした時間でも無駄にしないことが重要よ。これは自分の人生においても言えることでしょう?」

瞳をらんらんと輝かせて語る店長。

「そうすると自然に気を張るでしょう。そしたら顔にも皺《しわ》ができにくくなるし、いつまでも若くきれいでいられるのよ」

店長は私の面接そっちのけで自分の話をし始めました。なんでも自分は一人っ子のお嬢様育ちで、そんな甘やかされて育った私が強くなれたのは〝終戦〟を経験したからだそう。店長はなんと75歳でした。

年齢を重ねても美の追求を怠らない店長の貴重なお言葉。お掃除バイトの面接に来てこんな話が聞けるとは思いませんでした。

「うちのお客様は人を見る目が肥えていらっしゃって厳しいから、マナーや礼儀をちゃんとしなければなりません。掃除しているところを見てチェックしています。あと、うちは女性だけの職場ですけど、他の所みたいにイジメとかドロドロとした人間関係はないから安心して。うちは良識ある主婦の方ばかりだから」

そして、無事面接に受かった私は次の日から仕事をすることになりました。

初出勤日。朝9時に事務所集合。今日も店長のアイシャドウはエメラルドグリーン。パートの主婦の方々が続々とやって来ます。ちゃきちゃきとよくしゃべる明るいリーダー主婦。片平なぎさと京本政樹を足して2で割ったような顔立ちのわりときれいめな主婦。ふくよかな体型のおっとり系主婦。

来て早々、片平なぎさが店長に、「このバッグに詰めていた掃除用具を取り出しましたよね？　ダメって言ったじゃないですか！　現場で困るのは私たちなんですよ！」とキツめの口調で言いました。店長にパートが注意？　どうやら店長はパート主婦の間では困ったことをしてくれる婆さんという位置づけだということがこの時点でひしひしと伝わってきました。

そしてランチタイムは主婦たちのリアルな会話の宝庫でした。

店長が外にご飯を食べに出た途端、店長の悪口大会が始まったのでした。どうやらここのパートの主婦たちは、店長というとんちんかんな婆さんへの愚痴を共有することで団結しているようでした。店長が言っていた「女同士のイジメとかはうちは一切ないから安心して」という言葉は、奇《く》しくも半分は当たっていて、半分外れていました。パート同士のイジメはなかったけれど、店長本人がイジメの対象だったのです。

だけど、店長が悪者になっているおかげでパート同士の仲は良く、私もその仲間に入れてもらえたのでした。単純に体を動かす仕事というのは気持ちがよく、掃除して人に喜ばれるというのも嬉しい。そして何よりもパートの主婦の方たちと一緒にランチしていろんな話を聞けるのが毎日楽しかった。

リーダーのMさんは3人の男の子のお母さん。毎朝5時に起きて、お弁当と朝食作り、掃除、洗濯などの家事をこなし、8時に旦那と子供を送り出してから、掃除のパートに出かける。9時から16時までみっちり働いて、帰宅。それから夕食作り、子供の勉強などを見て、21時には一旦子供と一緒に就寝。2時間だけ寝て、23時に帰宅する旦那に合わせて起きて食事を準備する。そこから旦那との団らん、読書などをして

2時に再び就寝、翌朝5時起き。

子供の塾代を稼ぐためにこの仕事をしているらしく、平日はほぼ毎日働いて、土日は少年野球に付きそったり。いったいいつ休んでいるの？　という超ハードスケジュールをこなしていました。とても明るくパワフルなMさんは結婚20年にして旦那さんとの関係は良好らしく、とても幸せそうでした。

Mさんの幸せは、Mさんが家族のためにしている日々の努力のたまものなのだなと気がつきました。主婦ってすごいと思いました。


あのフェイスブックで自慢にしか見えなかった幸せも、こういう日々の努力のうえに成り立っていることかもしれない。みんなそれぞれ必死に明るく生きていこうとしているんだ。それを立場が違うだけで自慢としか思えなかった自分が、ちょっと恥ずかしくなりました。そして、いくつになってもポジティブに逞《たくま》しく生きている女性は素敵だなと改めて思いました。

ポジティブで自分の今の現状を肯定できるオバちゃんになれば、なにも惨めなことはない。むしろかっこいい。そう考えると、オバちゃんになる恐怖が吹き飛んだのでした。

そして私は、このお掃除バイトでの体験を元に脚本を書きました。それが『淑女』という舞台になりました。

嫌なことがあってもネタにすると救われる

『淑女』の後、原点に帰ってもう一度AV女優の話を描きたいと思いました。というのは加齢問題はAV女優にとってはよりシビアな問題だから。

6年前に上演した『女のみち』に出演していた安藤玉恵さんと内田慈さんが再び出演してくれることになり、『女のみち』に登場したAV女優たちの6年後を描くことができました。

結婚しているかしていないか、子供がいるかいないか、仕事をしているかいないかで差別したりされたりする女。「劣化した」と言われる恐怖。仕事がなくなる恐怖。それでもなんとか生き延びるために努力する女たち。それぞれの女が逞しく生きる話。『女のみち2012』は、劇場に入りきらないほどのたくさんのお客さんが観に来てくださいました。

神様はいくつもの試練を女に与える。思春期のコンプレックスを解消できたと思ったら襲ってきた三十路の悩み。

だけど、その悩みそのものをネタにしてしまえば、気持ちもすっきりするし、面白い作品もできる。私にとっては一石二鳥でした。そう考えると、これからどんな試練が待ち受けていても、なんとか乗り越えて前向きに生きていけそうな気がします。

また、そうやって生まれた作品を観た人が、「実は私も同じようなことで悩んでいたからこの舞台を観て救われました」と言ってくれたり、舞台を観た人同士が見終わった後に飲み屋で腹を割って話せて楽しかったという話を耳にしたりもしました。何かを発信すると、それに共感してくれる人や同じような悩みを抱えている人が、自分の周りに集まってくる。


同じ悩みや価値観を共有できる仲間が周りにいてくれるというのは、なんて幸せなことでしょう。思春期があんなにつらかったのは、こんなことで悩んでるのは自分だけと思っていたから。誰とも悩みを共有できなかったから。

「あの頃ブスかもしれないって悩んでいたよねー」

「あ、私も、私も」

「わかるーその気持ち」

そんな話ができるだけでいい。

己のブス魂をみんなで認め合うことができれば、ブス魂は救われるのです。

女同士って……

先日、久しぶりに帰省しました。

小学生くらいからの幼なじみたちと会ったのですが、やはり私以外は全員結婚していました。私だけが結婚していないということでみんなから同情されるのが嫌だなという気持ちもあって、ここ数年はほとんど会っていなかったけれど、改めて腹を割って話してみたら、みんなそれぞれいろんな悩みを抱えていることを知りました。「結婚していない＝惨め」とは誰も思っておらず、むしろ好きな仕事を続けていることを羨ましがる友達もいました。みんなないものねだりだったりする。結局、独身であろうが結婚していようが、楽しいこともつらいこともあるわけで。「結婚していない＝惨め」だと決めつけていたのは、他の誰でもなく自分自身だったのでした。既婚者＝幸せと決めつけることによって、結婚した人を逆に差別していたということにも気づきました。

思えば、昔から私は、人の目ばかり気にするところがありました。高校時代、彼氏がほしかったのも早く処女を卒業したかったのも、人からイケてない奴と思われたくないという気持ちがあったからです。演劇部の同窓会の時に敗北感を味わったのも、「彼女たちは今の私のことを幸せだと見なしていない」と感じたからです。でも、「人から幸せに思われたい」という気持ちをなくせば、無駄に苦しまなくて済むということに気がつきました。

また、それまでは結婚にしても育児にしても、「経験してない者はそのことに関して話す権利がない」という考えにがんじがらめになっていましたが、最近、考え方を変えました。子供を産んだ女の気持ちは、産んだことのある女にしかわからない。でも、子供を産んだことのない女の気持ちは、子供を産んだことのない女にしかわからない。だから、むしろ「子供を産んだことのない人生の経験者」になってもいいのではないか。そう考えると少し気が楽になったのでした。

「もし過去の自分に戻れるとしたら、何歳の時に戻りたい？」

一人の友達が聞いてきました。私は、

「まず中学生は絶対嫌でしょ。大学も、もういいやー。20代に戻りたいかといったら、たいして戻りたくもないし。特に戻りたいと思う年齢ってないな」

と答えました。すると友達がこんなことを言いました。

「ということは、結局今が一番幸せってことじゃない？」

そうだったのか。なんだかんだ言って私って今幸せだったんだ。

そして、私はこれまで言えなかったことを思い切って告白しました。

「中学生の頃ってブスかもしれないって怯《おび》えてて、人生で最大の暗黒期だったんだよね」

するとそこにいた全員が「あ、それ私も！」と言いました。なんだ、みんなそうだったのか。

「でも、中学時代が一番楽しかったって人もいるよね」

「いるだろうけど、そういう人とは仲良くなってないよね」

「そうだね、アハハ」

と笑い合ったのでした。

女同士って、この中で自分が一番幸せと思いたい、そう見られたい、と虚勢を張り合う関係だと、ドロドロしてとても嫌な感じだし、つらくてしょうがありません。だけど、そういう虚勢を取り払って、本音をぶちまけ合えれば、こんなに楽しい関係はありません。そういうことを知れただけでも、歳を取った甲斐はあるなーと思ったのでした。

おわりに

先日、37歳の誕生日を迎えました。
18歳で上京してから、19年。
ついに田舎の実家で暮らした時間より、東京で一人暮らしをしてからの時間のほうが長くなってしまいました。

今では「ブス」という言葉に怯えていた時代がまるでなかったかのように、すました顔をして東京の街を歩いています。

少し前までは「何かいいことないかなー」とか「私はいつになったら幸せになるんだろう?」と考えて悶々としていましたが、最近では、日々のちょっとしたことに幸せを感じることができるようにもなりました。

私が最近、幸せを感じる瞬間は、ペットの猫とカメと一緒にベランダで日向《ひなた》ぼっこしている時と、毎日水やりをしている鉢植えに花が咲いた時です。すっかり老境の域に達してます。

とは言うものの、これから5年後、10年後に振り返ったら、あの頃はまだ何もわかってなかったなーとか思いそうですが。まあそれでも、日々楽しんだもの勝ちですし。あの頃に戻りたいなーと過去を振り返るより、今のほうがいいやと思いながら生きていけたら、私にとってはそれが幸せなことだと思うのです。

そんなことを考えながら、日々淡々と暮らしております。私は元気です。

最後に、本を出すにあたって大変お世話になりましたKKベストセラーズの榎本さん、何度もくじけそうになった私をおだて励ましてくださり、ありがとうございました。

そして、とってもキュートなイラストを描いてくださった峰さん、装丁を引き受けてくださったセキネさん、素敵な表紙をありがとうございます。そして、帯のコメントをくださった雨宮さん、あなたの菩薩《ぼさつ》のようなお言葉にいつも救われています。その他たくさんの方々に大変お世話になりました。
それから、私の話に最後までお付き合いくださった読者のみなさん、ありがとうございました。

2013年　夏　ペヤンヌマキ

文庫版書き下ろし

40歳前夜

あれから3年が経ちました。もうすぐ40歳を迎えようとしている時に、この文庫化のお話をいただき、その後と今現在のことを書くことになりました。

3年といえば、子供にとっては小学生だった子が高校生になるくらいの濃密な期間ですが、大人になってからの3年ってほんとにあっという間です。1年が小学生の頃の1学期くらいの感覚ですから。3年間で私自身に何か大きく変化があったかといえば……特に何もありません。相変わらず猫とカメと一緒に暮らしています。いくつかの舞台をやって、いくつかのコラムを書いて、何十本かのAVを撮影して……と日々に追われていたら、いつの間にか40歳を迎えようとしていました。

2016年の年明け、私はものすごくナーバスになっていました。今年で40歳になる。30代がもう終わってしまう。39歳の年末まで舞台やその他の仕事で忙しくしていた私は、40歳が目前に迫っていることをすっかり忘れていました。というより、忙しくしてそこから目を背けようとしていたのかもしれません。40歳になるということは、私にとって漠然とした恐怖でした。女にとってやはり加齢は恐怖です。その恐怖は30歳になる時、20代でなくなる時もありましたが、私にとってはそれよりも今回のほうが大きかった。

私は30歳になる時に初めて、自分がやりたいことと自分ができることと自分がやるべきことが一致したと思える瞬間があり、そこで一度生まれ変わったと思っています。特に「ブス会＊」という自分のユニットを立ち上げてからは、意識がまるで変わりました。受動的な性質だったのが能動的にならざるを得なくなったし、自分はこれでやっていくんだと腹が据わった。「ブス会＊」は自分の子供のような存在で、それを成長させることに強く生き甲斐を感じるようになりました。30代はそのことに夢中でした。

もともと私はそんな人間ではなかったのです。20代までの自分は、何もない自分が嫌で、自分にない強い才能に憧れ、洗脳され、それを支える存在になれたらそれでいいと思っていました。女としてもそういう男に惹かれ、そういう男に選ばれたいという願望がありました。男に依存していました。だけど、自分がやりたいことが見つかってからは、一家の大黒柱になったような感覚で、精神的にも自立しました。それと同時に女としての自分はどこに向かえばいいのかわからなくなりました。そして女としては迷走中なまま40歳を迎えることになりました。おまけに貯金もなくなっていました。

これから先、一人で生きていくのか？ 子供は産まないのか？ そうなった場合老後はどうするのか？ と一気に不安が押し寄せてきました。何かの締切が明日に迫って、でも全くできていない状況に焦るという感覚でしょうか。一夜漬けでは決して間に合わない、もう手遅れなんじゃないかという絶望感が襲ってきました。いろんなことを前向きに乗り切った30代でしたが、40歳を目前にしてポジティブがガソリン切れしてしまったのです。

そうして、40歳の誕生日を迎えました。

40歳になったからといってすぐに何かが変わるわけではありません。だけど、私の中では自動的に気持ちが切り替わりました。

なってしまったものは仕方ない、今あるもので何とかやっていくしかない、と。

締切直前はものすごく焦るけれど、それが過ぎてしまえばもう仕方ないと開き直るという心境でしょうか。なんにせよ、都合よくできた自分の心を頼もしく思ったのでした。

私は、なぜか自分が90歳くらいまで長生きする前提で生きています。自分が長生きできるという根拠のない自信はどこから来ているのかはわかりません。もともとネガティブ思考な人間のわりに、そこに関してはなぜかポジティブなのです。大好きな祖母が二人とも大きな病気もせず90代まで生きたからかもしれません。仮に90歳まで生きることができるとすると、あと50年。今まで生きてきた長さより長いです。そう考えると人生って、若者の期間よりオバサンとかお婆ちゃんである期間のほうが長いんだなあ、としみじみ思います。若い頃にいろいろやらなきゃとか、できなかったとか、もう手遅れとか言っている場合じゃない。これから半分以上もある。オバサンとして、お婆ちゃんとして、もちろん女として、どんな自分でありたいのか、どんな生き方をしていきたいのか、これからのことを考えないと。身体は日に日に老化していきます。年齢を重ねるにつれ、その時々でいろんな試練がやってきます。その時に耐えうるように、準備をしておかないと。

これまで仕事や人間関係でものすごく落ち込んだ時、瞬間的に死にたいと思ったことは二度くらいあるけど、死への恐怖のほうが強くてとても死ねませんでした。親より先に死んではいけないという気持ちも強いです。だからなるべく死にたくなるほどつらい局面に追い込まれないように予防線を張りまくります。仕事を頑張る。恋人をつくる。友達をたくさんつくる。猫を飼う。趣味をたくさん持つ。夢中になる何かを見つける。家族を持つ。どれかを失った時に絶望しないために、いろんなものを持とうとします。でも全てが手に入るわけではないし、努力しても手に入らないものもたくさんあります。

人生において、プランを立て目標に向かって進んでいくことは大切です。だけど、そのプランが必ずしも成功するとは限らない。プラン通りにいかないのも人生です。

もし上手くいかなかった時に、自分を責めたり落ち込む必要はない。プランを変更していけばいい。今の状況でも希望が持てるプランに変更する。今自分が持っているものの中で、より良い人生プランを立てる。そういう柔軟性がこれからは必要だなと思うのです。

習い事を始める

２０１４年の初夏、38歳にして習い事を始めました。フィギュアスケートです。

フィギュアスケートを観ることが唯一の楽しみになっていた私は、観るだけでは飽き足らず憧れの選手と同化したいという願望が芽生え、自ら氷上で舞ってみようと思ったのです。そう思い立った時の行動力はすごいもので、インターネットで「スケート教室　大人」で検索するところから始まり、１週間後には都内にあるスケートリンクに向かっていました。フィギュアスケートって子供の頃から習っていないとできないことっていうイメージがありますよね。それが大人からでもできたんです。

最初に行ったのはゴールデンウィークの短期スケート教室のアダルトクラスでした。子供の頃住んでいた長崎には冬場だけ営業しているリンクが一つあるだけで、そこに１、２回遊びに連れて行ってもらっただけです。大人になってからは一度も滑ったことはありません。そんな私で果たして大丈夫なのか？　そもそもこんな歳でスケートを始める人がいるのだろうか？　大人のクラスがあるってことはいるってことだよな。だけど大人って言っても20代ばかりで私みたいな30代後半のオバちゃんが来たら、笑い者にされるかも……。そんな不安を抱えつつ行ってみたら、とんでもございませんでした。いい感じに熟した女性たちが、いっぱい！　私などまだひよっこの部類。アダルトな女性たちが、おそらく100人は集まっていました。

大人になって一からなにかを習うってことはとても新鮮です。初めは氷の上にまともに立つこともできないので、まっすぐ立って歩くところから教わります。1日目には氷の上で立つのがやっとだったのが、2日目には少しだけ滑れるようになっています。できなかったことが、できるようになる喜び。これは大人になってからはなかなか味わえないものです。

すっかりその気になった私は、早速憧れの白いマイシューズを購入し、週に一度の教室に通うことにしました。陸上でウォーミングアップし、リンクサイドでマイシューズの紐を締め、エッジケースを外し、リンクイン。氷上で舞う前段階から、選手と同じことをしているというだけでテンションが上がります。少しだけでも選手に近づけたようでそれがただ嬉しくて。そんなミーハーな気持ちで始めた習い事でしたが、そこにはいろんな発見がありました。

子供の頃の私は負けず嫌いでした。テストの点数で友達に負けるのが嫌で、勉強を頑張っていました。もともとの才能というより努力でカバーするタイプでした。苦手だった体育ですら、頑張り次第で何とかなる持久走などでは、死にもの狂いで走って学年で2番になったこともありました。できなかったこと、苦手だと思っていたことが努力によってできるようになった時の喜び、それが私の原動力でした。そういう性質は、学校という場所を卒業し、大人というものになってからはあまり意識することがなくなっていました。それがフィギュアスケートを習う過程で、如実に現れたのです。

フィギュアスケートの教室は、初級、中級、上級に分かれていて、初心者はまず初級クラスに入り、上達した順に先生から声がかかって上のクラスに進みます。私は上達が早いほうではありませんでした。同じ時期に始めた仲間が自分より先に上のクラスに進むとものすごく悔しくて、私はあらゆる努力を始めました。教室で教わったことを全部ノートに記録してそれを読み返しながら自主練に励んだり、フィギュアスケートの教本を買い漁って読み込んだり、フィギュアスケートは体幹を鍛えることが重要だということを知り、サッカー選手の体幹トレーニング本を読んで実践したり（これはハードすぎて全く続きませんでした）。

上達が早い仲間は、仕事終わりに毎日リンクに通っていました。多くても週2回しか自主練できない私は、仕事とスケートの両立に真剣に悩みました。そんな悩みを持つこと自体がアスリートになったみたいで嬉しかった。そして習い始めて約半年、私はやっと中級クラスに上がりました。努力は必ず報われる、そういう達成感を久しぶりに味わいました。

しかしその後、私は壁にぶち当たります。スケートは転倒がつきもの、常に怪我と隣り合わせです。だからまず初心者クラスでは怪我をしない上手な転び方を教わります。半年経って気づいたのですが、私は一度も転んだことがなかったのです。それは私にスケートのセンスがあるからということではなく、私が極端に臆病だからでした。スケートを始めたばかりの頃、隣で滑っていた仲間が突然顔面から転倒し、顔じゅう血まみれで救急車で搬送されたことがありました。それを見てから、私は転ぶことが怖くなりました。だから思いっきり滑ったり、難しい技に挑戦したり冒険ができないでいたのです。すると、いくら自主練をしても、自分ができる範囲のことをやるだけなので、なかなか上達しません。

顔面流血して運ばれたKさんは、もともと何かとよく転ぶ人でした。さほど上手くないのに選手がやっているような難しい技にいきなり挑戦するという怖いもの知らずな性質でした。転倒流血騒動を起こし、周りの人間に恐怖を植え付けたにも拘わらず、当の本人は数ヶ月後にケロッと復帰し、相変わらず難しい技に挑戦しては転びまくっていました。Kさんの神経の図太さを疎ましく思いつつ、私は感心していました。Kさんはとにかく何度も転んでいました。あまりに転ぶので危なっかしくて、私は近くで滑れず遠くから眺めていたのですが、彼女は何度も転ぶうちに転び方が上手くなっていました。ダメージの少ない転び方を身体で覚えていたのです。そして気がつけばKさんは私より遥かに上達し、無謀と思えた難しい技もそれなりにできるようになっていました。転ぶことを恐れ、きちんと転んでこなかった私は、上手な転び方がわからず、益々転ぶことへの恐怖を募らせていました。

ところで、大人のスケーターにも試合や発表会があります。選手のように先生に振付けをしてもらって、衣裳を着て人前で演技を披露するのです。憧れの選手と同化したいという願望の頂点と言ってもいいでしょう。私は〝いつか〟それに出たいと思っていました。でもそれは遠い未来の〝いつか〟であって、現実的に〝いつ〟ということではありませんでした。

フィギュアスケートを習っていると人に言うと、「ジャンプ跳べるの？」とか「クルクル回れるの？」とか当たり前のように聞かれるのですが、習い始めて2年以上経った今でも、私はジャンプやスピンどころか、方向転換すらままならない状態です。できる技なんて全然ないし、人前で演技を披露できるレベルになるまでどのくらいかかるのか見当もつきません。それなのに、Kさんは復帰して1年と経たないうちに、とある大会のグループ演技部門に出ると言い出しました。これには驚きました。そういう大会はベテランの上手い人しか出てはいけないものだと決めつけていたからです。実際はそんなことはなく、自分が出たいと思えば出られるのでした。だけどとても人前で披露するレベルじゃない状態で出て、無様な姿を晒したくない、そう思っていました。Kさんは私より上手くなっているとはいえ、とてもそんな大会に出られるレベルなわけがない。そんな状態で出たらいったいどんなことになるのだろう？　そういう興味もありつつKさんを応援に行きました。ベテラン陣に混ざってフリフリの衣裳を着たKさんが登場しました。演技が始まると同時に、Kさんは転びました。演技中、何度も転びました。だけど何度転んでも笑顔でした。無様でも輝いていました。みんながKさんに拍手を送りました。

私は何事においても失敗することを極度に恐れる性質があります。石橋を叩きすぎるのです。舞台を企画する時も、絶対に面白くなるという確信が持てないことには、なかなか動き出せません。その確信を得るまでに何年もかかることもあります。舞台以外の仕事の依頼が来ても、新しいことができるワクワク感よりも失敗への恐れが上回り、なかなか挑戦できないことがよくあります。失敗を恐れず、フットワーク軽くいろんなことができる人間だったら、今もっと違う景色が見えていたのではないかと思ったりもします。

失敗してもいい、恥をかいてもいい、やらないよりやってみるほうがいい。失敗しようが恥をかこうが、別に何ともない。死ぬこと以外はかすり傷。それより挑戦することで見える、その先の景色のほうが尊い。Kさんの姿を見て、私はそのことを実感しました。

そう感じる一方、別の考えも出てきました。自分には自分のペースがある。人と比べて焦ることはない。私はこのゆっくりすぎるペースを決して恥じることはない。ゆっくりでも少しずつ目標に近づければいい。そっちのほうが長続きする場合だってある。

大人になって始めた習い事は、私に様々な気づきをもたらしてくれました。そして、これから生きていく上での目標もできました。

私は還暦までに大会出場を目指すことにしました。お婆ちゃんがキラキラした衣裳を着て華麗に滑っていたら、めちゃくちゃかっこいいと思うのです。たとえ華麗にとまではいかなくても、素敵だなと思うのです。そんなお婆ちゃんスケーターを目指して、地道にスケートを続けていこうと思っています。

〝ブスノート〟より〝好きノート〟を

私は毎年、誓うことがあります。

「今年こそは、絶対に人の悪口を言わない」

そして私は、これまでこの誓いをちゃんと守れたためしがありません。

言いたいことをその場ではっきり言えない、というのが物心ついた時からの私の悩みでした。言いたくても言えないというより、反射神経がないのです。不快なことや理不尽な目に遭った時にすぐに怒りという感情が出てこず、びっくりして思考回路がフリーズするか、もしくは心のシャッターを閉じてしまいます。そして時既に遅しというタイミングで怒りが湧いてきて、何であの時ちゃんと怒れなかったんだろう、言いたいことをはっきり言えなかったんだろう、と自分に対しても腹が立ってきます。

そして、行き場を失った怒りを鎮めるために、悪口を言います。陰で悪口を言うくらいなら、本人に面と向かって文句が言える人になりたいと常々思っています。だけどそもそれができない性質だから、陰で文句を言っているわけで……。以前この本に、腹が立つことがあると心のデスノート、通称〝ブスノート〟に刻み込む、ということを書きました。今年（2016年）も〝ブスノート〟に何人もの人が追加されました。

先日こんなことがありました。飲み会で初対面の若い女の子とフィギュアスケートの話になり、その子もフィギュアスケートが好きだと言うので、私が好きな選手の話をしていたら、「私その人嫌いなんですよね」と返されました。好きな選手のことを否定されるのはいい気がしません。だけど他に好きな選手がいるからそういうことを言っているのかな？　と気を鎮めようとしていたら、その子は「私、あの人も嫌いなんです」とまた別の選手のことを否定しました。その選手が嫌いな理由もわざわざ説明してくれました。「あの人のジャンプ雑じゃないですか？」と得意げに。

この子はフィギュアスケートが好きだと言っているのに、なぜ好きな選手ではなく嫌いな選手のことばかりを話すのだろう？　嫌いな選手のどこがどう嫌いかということより、好きな選手のどこがどう好きかということが聞きたいのに。そもそも私はフィギュアスケートを好きになってから、好きな選手がたくさんできて、どの選手も応援したくなったし、嫌いな選手なんていない。好きってそういうことだと思うのですが……。この子は本当にフィギュアスケートが好きなのか？　選手の欠点を指摘することでフィギュアスケートに精通していることをアピールしたいのか？　もしかして、人がいいと言っているものを否定することがこの子のアイデンティティなのか？　と悶々としました。

嫌いな人の欠点を得意げに話しているその子の顔はとてつもなくブスでした。そして私は彼女のことがとても嫌いになりました。

彼女が、ひねくれていた若い頃の自分と重なったというのもあったかもしれません。そういえば昔の私は、「自分はこうだ」と主張する時に、好きなものや好きな人のことをいかに好きかということを話すより、嫌いなものや嫌いな人のことをいかに嫌いかということを面白おかしく話す癖がありました。ネガティブなことや人の悪口を言うこと以外に、自己主張する術がなかったのです。そんな自分を思い出して、彼女に対して余計に腹が立ったのだと思います。

だけど私は「フィギュアスケートが好きなんだったら、なぜあなたの好きな選手のことを話さないのですか？　自分が好きな選手のことを否定されたら誰だって腹が立ちますよ。はっきり言って私は今あなたにかなりムカついています」と彼女に面と向かって言えるわけでもなく、後でいろんな友達に「この前こんなムカつく人がいた」と言いまくったのでした。たぶんものすごくブスな顔で言っていたでしょう。嫌いだと思ったあの子と、同じ顔をしていたでしょう。

そう。人の悪口を言ったりネガティブな発言をする人の顔って、ほんとブスなんですよね。悪口を言ってストレス発散をするのも時には必要なことかもしれないけれど、やはりほどほどにしとかないとなと思います。

嫌いな人のことをいかに嫌いかということを口にしても、自分がブスになっていくだけです。そんなことにパワーを使ってもしょうがない。

それより自分が大好きなものや大好きな人のことをいかに好きかということを、どんどん言っていきたい。私が尊敬する友人に、そういう人がいます。彼女は自分が好きなものや好きな人のことを、人に伝えるのがすごく上手で、彼女の好きはみんなに伝染して、みんながハッピーになる。そして、好きなものや好きな人のことを語っている彼女はとても美しい。私もそんなふうになりたい、そう思うのです。

「人の悪口を言わない」と誓うよりも、「好きな人のことを好きと言う」。

これからはそんなふうに心がけていこうと思います。〝ブスノート〟でなく、〝好きノート〟のページを増やしていこうと思います。そして早速書いていきます。


この本の4章の「男の好みが変わった事件」で書いた、高校生の頃憧れていたけど大人になって酷いことを言われ、ブスノートに刻んだというカリスマ先輩の、その後の話です。

先輩とは例の一件以来、何年も会っていなかったのですが、昨年その先輩から突然メールがありました。「オマエが次やる舞台って、未成年が観てもいい内容？」と。この人は久しぶりに連絡してきておかしなことを聞いてくるなあと思ったら、今年13歳になる上の娘さんが、演劇に興味を持っているそうで、「ブス会＊」の舞台を観せてあげたいとのことでした。

ＩＴ企業を経営していた先輩は、現在は静岡に移住して農業を営んでいました。そして、なんと娘さんと静岡から一晩車を飛ばして、下北沢まで舞台を観に来てくれたのです。差し入れに自分の畑で採れたレタスまで持って。可愛い娘さんと採れたてレタス。「舞台とても楽しめました。これからも頑張って」と言って帰っていった先輩。まさか高校生の頃に好きだった先輩の娘さんと会える日が来るとは、先輩に私が作った舞台を親子で楽しんでもらえる日が来るとは、先輩が丹誠込めて作ったレタスをいただける日が来るとは。素敵すぎませんか？　素敵な出来事の前では、ブスノートなんて破り捨てます。憧れだった先輩をブスノートに刻んでしまったことが私はずっと悲しかった。そんな自分がさもしかった。やっぱり人を嫌いになるより、好きになりたい。好きをどんどん増やしていきたい。

一度嫌いになっても、また好きになれるきっかけを作ってくれた先輩に感謝します。先輩が育てたレタスはとても温かみのある味でした。

親孝行

親を喜ばせたい。親孝行したい。そういう気持ちはずっと自分の中に漠然とあります。もちろん、親を喜ばせるために親が望む道に進むこともできたのに、それはせずに、自分がやりたいようにやってきました。でも、だからこそ親孝行はしたいと思っています。

大学進学と同時に実家を出て約20年……自分の加齢と共に、親はどんどん年老いていきます。親が生きているうちに親孝行せねば。年々焦りは募ります。どうすれば親孝行できるのでしょう？　親が喜ぶことって何でしょう？

1. 結婚して孫の顔を見せる
2. 仕事で成功する

この2択しかないのだと、私は自分に圧力をかけてきました。

そして、どっちがより喜ぶかと言ったら1なんではないかとずっと思ってきました。しかし、そっちは年々可能性が薄くなっています。親も以前ほど期待しなくなっています。というより諦めようとしているみたいです。となると2しか残っていないわけですが、何をもって成功とするのかは難しいところです。親が喜ぶのはわかりやすい成功例です。考えられるのは、何か有名な賞を取ること、もしくはNHKの朝ドラの脚本を書くこと。親というのは、それくらいわかりやすいことでないと納得してくれません。

娘を地方から東京の私立大学に行かせるのは、相当な負担だったと思います。自分の力で東京に出て一人前になった気でいたけど、あの時親が東京の大学に行かせてくれなかったら、今の自分はないのです。地方公務員だった親は、元々私に公務員になってほしがっていました。だけどどうしても演劇がやりたいんだという私の気持ちを尊重してくれたのでした。

AV監督という職業にたどり着いたことは、自分にとっては必然だったと思うし、仕事自体を卑下する気持ちはありません。だけど一点だけ常に引っ掛かっていたのは、親が喜ばないだろうということでした。私がＡＶ監督をやっていることは、今は親は知っています。徐々にバレました。ＡＶ女優を題材にした舞台をやった時に決定的にバレました。開き直ってその舞台を親に観に来てもらいました。舞台上で潮吹きとかやってるやつを……。母は意味がわからなすぎて戸惑っていたけど、父は、舞台の内容そっちのけで、たまたま同じ回に観に来ていたＡＶ女優の風間ゆみさんに釘付けでした。風間ゆみさんは業界歴20年の言わずと知れたトップＡＶ女優。そう、うちの父は紛れもないＡＶファンだったのです。

私が物心ついた時から、実家のトイレの棚にはエロ本が隠されていました。ＶＨＳデッキが初めてうちにやって来た時、父のビデオライブラリーに「子猫物語」と手書きで書かれたビデオテープがありました。子供心にそのテープに怪しさを感じ取り、父の留守中にこっそり見たら、猫の映画ではなく裏ビデオでした。デッキを買った近所の電器屋さんから入手したのでしょう。父の裏ビデオライブラリーは常に更新されていきました。思春期の私はそれを密かに見守り続けました。私が上京してからはどうなったのかはわからなかったけど、インターネットでの動画配信が普及してから数年後に、機械オンチの父が突然ノートPCを購入しました。インターネットを使いたいからという理由でした。それを聞いた時、私は瞬時に理解しました。エロネタの供給源はビデオ一辺倒だった父がついに、ネットで動画が見られるということに気づいたのです。帰省した時に父のノートPCで検索サイトを開いたら、検索履歴のトップに「風間ゆみ」と「ペヤンヌマキ」が……。父は風間ゆみさんの大ファンだったのです。そして私が風間さんの出演作を何本か監督していたことも知っていました。

劇場で風間ゆみさんを見かけてから、父は開き直って「風間ゆみさんの撮影があったら、見学に行きたかばい！」と娘に対してAVファンのおじさんモード全開になりました。そういえば以前、素人参加ものの撮影で「冥土のみやげに」と参加してきた70歳のおじいちゃんがいました。法務省のお偉いさんだったというじいちゃんは根っからのエロ好きで、エロは生きるエネルギー源なんだと言っていました。大好きなAV女優に添い寝してもらって、この上なく幸せそうでした。あのおじいちゃん、あれから連絡つかなくなったけどまだ生きているのかな？

うちの父は70過ぎたけれど健康には自信がありました。やっぱりエロは元気の源なのかな、そう呑気に思っていました。しかし昨年、そんな父が脳出血で入院しました。まだまだ先のことだと思っていたのに、唐突に親の死を意識させられ、私は絶望的な気持ちになりました。ああ、もう親孝行ができる時間はそんなに残されていないかもしれない。幸い早期発見で後遺症も残らず、父は1ヶ月ほどで退院しました。私は退院祝いに、風間ゆみさんの写真集をプレゼントしました。すると、これまで何をあげてもリアクションが薄かった父が、ものすごい喜びようでした。毎日拝むし、棺桶にも入れてほしいとまで言って喜んでいました。

それから1年。風間ゆみさんの写真集を毎日拝んだおかげで？　すっかり元気になった父が、東京に遊びに来ることになりました。もうあと何回来られるかもわからないし、父が喜ぶことをしてあげたいと思いました。この先、孫の顔も見せてあげられないかもしれない。何かの賞も父が生きている間に取れるかわからない。今の私が父にできることって何だろう？　そう考えると真っ先に風間ゆみさんのことが頭に浮かびました。風間さんに会えたら父はさぞかし喜ぶだろうなあ。風間さんとは飲み会で何度かご一緒したことはあったけど、個人的に飲みに行くような間柄ではありませんでした。あの風間ゆみさんに、うちの父に会ってもらえませんか？　なんて図々しいにもほどがある。だけどダメ元でお願いすることはできる。今すぐできる親孝行としてベストは尽くそう。と謎の使命感に駆られた私は、風間さんに思い切ってメールしました。

「今長崎の父が上京していて父が喜ぶことをしたいと思っているのですが、父が風間さんの大ファンで会いたがっているので、厚かましいお願いでほんとすみませんが、もしお時間あったら一緒に飲みに行ってもらえませんか？」

すると風間さんからすぐに返事が来ました。

「行きますよ〜」

父さん、風間ゆみさんは本物の女神様でした！

サプライズを企画するのが大好きな私は、風間さんが来てくれることは父には内緒にして、父が喜びそうな綺麗なママがいるいい感じのバーに連れて行き、しばらく飲んで寛いだところで、風間ゆみさんがいきなり登場！　という素人ドッキリ企画ＡＶのような段取りを仕切りました。そしてサプライズは大成功。風間さんが登場した時の父の顔ったら。ここは天国か？　ってくらいの、何とも言えない恍惚《こうこつ》とした表情でした。嬉しすぎてこのまま死んでしまうのではないかというくらい。父はうっすら涙を浮かべているようにも見えました。そんな父を見て、親孝行ができたと感じました。こんなかたちの親孝行があってもいいじゃないか、心からそう思いました。

そして、そんな他人の親孝行に付き合ってくださった風間ゆみさんは、本当に神々しかった。大げさな表現でも何でもなく、後光が射していました。父は風間さんを前にして「岩崎宏美の歌そのものばーい」とわけのわからないことを言い出しました。どうやら「聖母《マドンナ》たちのララバイ」という歌のことを言っていたらしいです。父にとって風間ゆみさんは聖母のような存在だったのです。

ＡＶの仕事をしていなければこんな親孝行はできなかった。父は自分がエロ好きなせいで娘がＡＶ監督になってしまったのではないかという罪悪感を密かに持っていたらしいです。それを知った私もまた、父にそんな罪悪感を持たせてしまったことにずっと罪悪感を覚えていました。

エロ好きで何が悪い。ＡＶ監督で何が悪い。だからこそできる親孝行ってものもあるんだ。孫の顔が見せられなくても、賞なんて取らなくても、親を喜ばせることはいくらでもできるんだ。

風間ゆみさんのおかげで、私はそのことに気づくことができました。

品よく生きる

40歳。これからの人生を生きていく上で、自分の理想の姿をどう設定したらいいのでしょう？　社会的地位、お金、家庭、子供……現状持っているもので他人と自分を比べると、ないないづくしで愕然とします。若さもどんどん失っていく中で、これから自分はどうなっていきたいのか、未来の自分の理想像を描くのはとても難しく感じます。

40歳を迎える直前、そんなことばかりをぐるぐる考えて、自信を失いかけていた時に、私のことを「品がある」と褒めてくれた友達がいます。その言葉は、今の私を丸ごと肯定してくれる言葉でした。

この本のはじめに「ブス」という言葉は女にとってあらゆる要素をマイナスに変えてしまうと書きましたが、「品がある」という言葉はあらゆる要素をプラスに変えてくれます。

「品があるブス」

どうでしょう？　「ブス」という言葉の破壊力をかなり打ち消していませんか？　なんだかブスじゃない感じがしませんか？　さらに「品がある」という言葉はどんな年齢にも対応できます。

「品があるオバサン」「品があるお婆ちゃん」

なんだか素敵な人が頭に浮かびますよね。

そう考えると、これから年齢を重ねていくうえで、「品がある」って最強なのでは？　と思うのです。

お金があろうがなかろうが、結婚していようがいまいが、子供がいようがいまいが、顔が整っていようがいまいが、若かろうが若くなかろうが、「品がある」人というのは素敵です。しかも「品」というのは年齢を重ねれば重ねるほど、如実に現れてきます。年齢を重ねると、その人のこれまでの生き方や心の有り様が、人相や醸し出す雰囲気に現れる。それが「品」というものだと思います。私が好きな人にはみんなどこか品があります。

今の私に品があるとしたら、私のこれまでの生き方は間違っていなかったんだ、そう安心することができた。その言葉のおかげで私は失いかけていた自信を取り戻すことができたのです。

人としての「品」だけは失わずに生きていきたい。どうやったらそれを失わず生きていけるのでしょう？　これまで自分が大切にしてきたことを忘れずにいればいいのかな。自分の感覚を信じて生きていけばいいのかな。そう思えることができました。

人は、今の自分のことを肯定できる言葉があれば、それだけで救われる。「品がある」という褒め言葉。そんな素敵な言葉で、私のことを肯定し、救ってくれた友達。そんな人がいてくれて私は幸せだと思います。そういう人をこれからも大切にしていきたい。また私もその人にとってそういう存在でありたい。

ところで、私はよくファミレスで書き物をしているのですが、隣に座った人の会話が面白かったりすると、思わず聞き耳を立ててしまいます。ある時、私の隣でかなりお年を召された女性二人が楽しそうにお茶をしていました。二人の会話は「あなた、今日のお洋服素敵ね」「今日のあなたも素敵よ」から始まって、「あなたが付き合っていたあの男は素敵だったわよね」「あなたの男も素敵だったわ」「あなた、これまで素敵な人生歩んできたわね」「あなたこそ素敵な人生歩んでいるわ」と、素敵からの素敵返し、素敵のオンパレード。お二人ともご主人とは死別されて今はそれぞれ一人で暮らしているようで、家に帰る時間を気にすることもなく、延々6時間にもわたってお互いを讃え合い続けていました。

「私あと4年で90だけど、まだまだ欲望はあるわよ。綺麗になりたいと思うし、ボーイフレンドも欲しいと思うし」

「あんなにセクシーな男性を初めて見たわ、素敵だわ。でも素敵って感じられる私がいいのよね。感じられない人もいるんだから。そういう人はかわいそうよね。私は本当に素敵なものを素敵って感じることができるからこの歳になっても輝いていられるのよ」

〝素敵〟という言葉に満ち溢れているお二人の話を聞いていたら、私までも素敵な気持ちになれて、思わず仕事そっちのけで聞き入ってしまったのでした。

そしたら、「あなた、もしかして私たちの会話が面白いと思って、さっきから聞いているんじゃない？」と86歳のご婦人が私に話しかけてきました。私の盗み聞きはどうやらバレバレだったようです。86歳、恐るべしです。てっきり怒られるのかと思いきや、「私たちの話って面白いでしょう？　どんどん聞いてもらって構わないわよ」とのこと。人生の大先輩は懐の深さが違いました。そしてお二人とも気品に満ちていました。

素敵なものを素敵と感じて、素敵なことをどんどん口に出していく。そんな「品のある」女性になりたいし、素敵な仲間とお互いの人生を讃え合う女子会が、いくつになってもできたらいいなあ。心からそう思うのです。

文庫版おわりに

最終的に女は強い。どんなことがあっても生き延びる。

そんなことをテーマに作品を作ってきました。コンプレックスは魅力であることに気づけばそれは最大の武器になるし、女性は適応能力に長けているから、どんな状況に陥ってもなんだかんだとしなやかに逞しく生き抜いていける。そういう物語が好きだし、自分もそうありたい。そういう希望を込めて描いてきました。

東京で女ひとりで仕事をして生きていくのは、わりとしんどいことです。常に気を張ってないと舐められるし、ちょっと油断すると搾取しようとする者がすぐに近づいてくる。いろんなものが敵に見えてくる。そんなことに揉まれているうちに外身も内面も武装することを覚える。いつのまにか強い女になった気になってしまう。だけど心の奥のほうに弱さはずっと潜んでいて、ふとしたきっかけでその弱さを目の当たりにして愕然とする。他人のちょっとした一言で全ての自信が崩れ去ることだってある。

世の中の全てが敵に見えた時、どんなことがあっても、たったひとりでも自分の味方でいてくれる人がいたならば、人はそれだけで生きていける、という話をよく聞きます。それは親であったり子供であったり夫であったり恋人であったり親友であったり人それぞれだと思うけれど、そういう存在が欲しいから、結婚がしたくなったり子供が欲しくなったりするのかなと思います。

女同士の絆を信じることができてから、私は男にそれを求めなくなりました。本当につらいとき、弱味を見せることができる相手は、男でなく女友達になりました。女だからこうだとか、男だからこうだとか、性別で人を区別するような考えは好きではないけれど、女友達は男よりも私が言ってほしい言葉を言ってくれ、私を肯定してくれ、私を安心させてくれ、私にとって頼もしい存在になりました。そんな存在がずっといてくれたら、これから先も楽しく生きていけそうな気がする。そんな女友達とお互いお婆ちゃんになってファミレスで楽しくお茶をする風景は私の理想郷となりました。

この「文庫版おわりに」に何を書けばいいのか、ずいぶんと長い時間悩み続けました。3年前に自分が書いたものを読み返すと、なんだかこそばゆい気持ちになって言い訳めいた言葉しか思いつかないし、かといって今の私が伝えたいことは、すでに文庫版書き下ろしで書いたから、これ以上何を書いても蛇足になってしまう気がするし……。そもそも「文庫版おわりに」なんて、ほんとはもっとさらっと書いて終わるはずでした。だけどなんでこんなに悩んでいるかといったら、この文庫の「解説」を書いてくれるはずだった雨宮まみさんが、原稿を書く前にいなくなってしまったからです。

2013年に単行本『たたかえ！ブス魂』を出版した時、雨宮さんは真っ先に読んでくれて「心に飼っていたブスな自分が前を向いて歩き出しました」という帯の推薦文を書いてくれました。雨宮さんの文を読んで本を手に取ってくれた人がたくさんいました。出版記念イベントをやった時も、司会を引き受けてくれて、人前で話すのが下手な私をそっとフォローしつつ、絶妙な仕切りとトークで会場を盛り上げてくれました。

雨宮さんは2006年に私が初めて作った舞台『女のみち』を観てくれて、それがきっかけで知り合って、それから私が作るものは全部観てくれました。そしていつも、私の作品の魅力を、言葉で、文章で、伝えてくれました。雨宮さんは、自分が好きなものや好きな人のことを書く時の熱量がもの凄くて、それを読んだ人は、雨宮さんが好きなものや好きな人のことが必ず好きになってしまいます。私が作ったものを雨宮さんが好きでいてくれる、そのことが作品を作るうえでどれだけ心強かったか。私は作品を作る度に、雨宮さんがどんな言葉で、私の作品の魅力＝私の魅力を伝えてくれるのかとても楽しみでした。それと同時に下手なものは作れない、雨宮さんが凄いと思ってくれるものを作るぞという緊張感も常にありました。

雨宮さんと私は同い年で、二人とも長女で出身地も同じ九州、上京した年も同じで初めて就職した場所も同じＡＶ業界……と共通点がたくさんあって、上京した理由もＡＶに興味を持ったいきさつも似ているところがあって、初めて会った時からシンパシーを感じていました。女がＡＶ業界で仕事をしていくうえでの悩みも共有できたし、そこから一歩飛び出して自分の道を追求しようとするタイミングもちょうど同じくらいで、そんな雨宮さんが華々しく活躍していく姿は誇らしく、私にとって何よりの励みでした。雨宮さんはいろんなものと勇敢に闘っていました。戦闘能力が低い私はそんな雨宮さんに憧れていました。私も強くなろうと努力しました。

雨宮さんとは、この生きづらい世界で共に闘い、お互いを讃え合い、生きていく戦友だと思っていました。それが私の心の大きな支えになっていました。一緒に歳をとって、あのファミレスで見かけた素敵な老婦人たちのように、楽しくお茶をするのを勝手に夢見ていました。

そんな雨宮さんが、ある日突然いなくなってしまいました。

雨宮さんがもういないということを、現実として受け入れざるをえなくなった時、真っ先に思ったことは、雨宮さんがいなくなった世界で生きていくのはとてもしんどいぞ、ということでした。怖くて身体が震えました。

そんな時、この言葉をかけてくれた人がいます。

私たちはこれからも一緒に生きていきましょう

単行本『たたかえ!ブス魂』の担当編集の元KKベストセラーズの榎本さんと、今回の文庫版『女の数だけ武器がある。』担当編集の幻冬舎の竹村さんです。私はこの言葉に救われました。二人と一緒に本が作れて私は幸せです。

私が一方的に思い描いていた雨宮さんと一緒にお婆ちゃんになって、ファミレスでお互いを讃え合う女子会をするという夢は、プラン変更しなければならなくなりました。こんなにつらくて悲しい時でさえ、現実にしなやかに適応していくしかないのです。私はこれからも生き続けなければならないし、生き続けていたいからです。

ありきたりな言い方ですが、自分が今生きていることは当たり前のことではなくて、生きているだけで奇跡的なことなのです。だからこの限りある命を愛おしみながら、私なりにまっすぐ前を向いて歩いていこうと思います。

女の悲劇はこっけいである

雨宮まみ

女の嫉妬は怖い、女の争いは醜い、女の友情はうわべだけ、女の敵は女――。毎日のようにこんな言葉を聞く。女の友情を肯定する言葉は、ほとんど聞こえてこない。『女のみち2012』、およびその前作にあたる『女のみち』で描かれるのは、AV女優の世界だ。AVの中で男たちの欲望に応えることが仕事の彼女たちは、同時に世間からの欲望の目にも晒される。ものすごいビッチなのではないか、だらしない性格なのではないか、とんでもない不幸を背負っているのではないか、といったマイナスイメージと、プロとして頑張ってますとか、経験人数一人でデビューした清純派ですとか、アイドル的、またはプロフェッショナルとしてのプラスイメージの両方が求められ、その「どちらでもない」部分は見なかったことにされる。「AV女優」の情報として、そのどちらでもない情報は欲望されない情報、興味を引かない情報だから、切り捨てられてしまいがちだ。

そして、そうした欲望に全力で応えても、それが人気につながるかはわからない。うまく演じ切ってトップに君臨する人もいれば、演じてもどこかで地のキャラとの差が出て嘘くさくなってしまう人もいる。自分なりに「いい仕事」をすることにこだわっても、その「こだわり」はしばしば制作側に「めんどくさい女だ」と敬遠される原因になったりする。そして、誰がどんなにがんばろうとも、AVの世界で歓迎されるのは、「若い新人女優」だったりする。自分を貫き、自分を信じても、それが評価として返ってこないとき、女はいったい何を拠り所にすればいいのだろうか。

絶えず仕事の量やギャランティの高低で女の価値を判定され続けるAVの世界で、自分なりの自信を持とうと、評価されようともがく女たちの姿。最初は他人事のように観ていた「それ」が、だんだん「自分のいる世界のこと」に見えてくる。今、舞台であの女が言ったあんな言葉を、自分も言ったことがある。考えたことがある。この苛立ちにも、この悲しさにも、このこっけいさにも、よく似たものを自分は知っている。

『女のみち』でプロっぽくエロとは何かを語っていたリカコは女優としての需要がほとんどなくなっているし、清純派でデビューしたカスミは頑張りが空回りして自分のキャラと違いすぎるものを演じ、そこに適合しようと必死になっている。『女のみち』で、一人の男に振り回されていた彼女たちの姿はもうない。この先食べていけるか、いけないか、女としてまだ男に欲情してもらえるのか、愛してもらえるのか、自分のプライドを失う一歩手前のギリギリの状況にいる女たちの前に、まだまだ可能性を持っているマリナが現われる。

女の嫉妬が怖く、女の争いが醜いのなら、この物語は全員がマリナを憎んで終わりのはずだ。けれどそうはならない。ADの男がマリナをチヤホヤしておきながら、あとでマリナが年をいくつサバ読みしていたか知り、バカにした態度を取るとき、女たちが感じるのは爽快感よりも痛みである。自分も同じように手のひらを返されたことがある、自分も同じように、男からこのような値踏みをされて簡単にバカにされたことがある、という痛みである。

『女のみち２０１２』の初演時、クライマックスの場面で劇場内に大きな笑い声が響き渡った。コミカルに描かれている場面だし、笑っていい場面なのだろう。けれど、爆笑の渦の中で泣いていた人を私は何人も知っている。笑われる女の、こっけいな努力を重ねる女の痛みを知る人は、会場の嘲笑がまるで自分に向けられたもののように感じたはずだ。

女の悲劇はこっけいである。そんなちっぽけなことで、と言われるようなことだし、そんなちっぽけなことの積み重ねが何度でも女の心を折っていく。『女のみち2012』が描くのは、そうしたこっけいな悲劇であり、そんな悲劇では死ねない女たちが生きてゆく姿である。誰にバカにされ、誰に笑われようと生きていく女の姿に希望が見える。そして、ただ善でもなく、ただ悪でもなく、純粋で美しい友情でもなく、女同士の足の引っ張り合いでもなく、競い合い、比較し合いながらもどこかでつながっている女同士の共感がある。

女の実態を冷静に観察し、突き放してそれを描くペヤンヌマキの舞台には、女であることに対する過剰な自虐も、露悪も、女であることの悲劇に酔うような気持ち悪さもない。女のバカさをかばうことはないのに、女を悪者にしない。女を安易に崇拝せず、女はすごいと適当な結論を出さない者だけが持ち得る崇高な意志を、彼女の舞台からは感じる。若さや美しさや母性への賛美、安易な女性崇拝は簡単に裏返り、女を抑圧し苦しめる。だから、彼女は決して賛美しない。賛美しないことで、女の人生を真の意味で讃えている。彼女の舞台に、わかりやすいヒロインはいない。お手本になるような女はいない。それこそが「現代的」ということなのではないだろうか。

（「ブス会＊『女のみち２０１２』ＯＦＦＩＣＩＡＬ ＢＯＯＫ」より）

この作品は二〇一三年九月ＫＫベストセラーズより刊行された
『たたかえ！ブス魂』を改題し、書き下ろしを加えたものです。

幻冬舎文庫

●最新刊
女の子は、明日も。
飛鳥井千砂

略奪婚をした専業主婦の満里子、女性誌編集者の悠希、不妊治療を始めた仁美、人気翻訳家の理央。女性同士の痛すぎる友情と葛藤、そしてその先をリアルに描く衝撃作。

●最新刊
骨を彩《いろど》る
彩瀬まる

十年前に妻を失うも、心揺れる女性に出会った津村。しかし妻を忘れる罪悪感で一歩を踏み出せない。わからない、取り戻せない、もういない。心に「ない」を抱える人々を鮮烈に描く代表作。

●最新刊
みんな、ひとりぼっちじゃないんだよ
宇佐美百合子

だれかになぐさめてほしいとき、自分が変わりたいと思ったとき、この本を開いてみてください。あなたを元気づける言葉が、きっと見つかります。心が軽やかになる名言満載のショートエッセイ集。

●最新刊
犬とペンギンと私
小川　糸

インド、フランス、ドイツ……。今年もたくさん旅したけれど、やっぱり我が家が一番！　家族の待つ家で、パンを焼いたり、ジャムを煮たり。毎日をご機嫌に暮らすヒントがいっぱいの日記エッセイ。

●最新刊
いろは匂へど
瀧羽麻子

奥手な30代女子が、年上の草木染め職人に恋をした。奔放なのに強引なことをしない彼が、初めて唇を寄せてきた夜。翌日の、いつもと変わらぬ笑顔……。京都の街は、ほろ苦く、時々甘い。

女《おんな》の数《かず》だけ武器《ぶき》がある。

たたかえ！ブス魂《だましい》

ペヤンヌマキ

平成29年2月10日　初版発行

発行人――石原正康
編集人――袖山満一子
発行所――株式会社幻冬舎
〒151-0051東京都渋谷区千駄ヶ谷4-9-7
電話　03(5411)6222(営業)
　　　03(5411)6211(編集)
振替00120-8-767643
印刷・製本―凸版印刷株式会社
装丁者――高橋雅之

幻冬舎文庫

ISBN978-4-344-42575-0　C0195　ヘ-2-1

幻冬舎ホームページアドレス　http://www.gentosha.co.jp/
この本に関するご意見・ご感想をメールでお寄せいただく場合は、
comment@gentosha.co.jpまで。

幻冬舎文庫

●好評既刊
幻年時代
坂口恭平

四歳の春。巨大団地を出て、初めて幼稚園に向かった。この四〇〇メートルが、自由を獲得するための冒険の始まりだった。生きることに迷ったら、幼き記憶に潜ればいい。稀代の芸術家の自伝的小説。

●好評既刊
身体《からだ》を売ったらサヨウナラ
夜のオネエサンの愛と幸福論
鈴木涼美

彼氏がいて仕事があって、昼の世界の私は幸せだけど、それでは退屈で、「キラキラ」を求めて夜の世界へ出ていかずにいられない。引き裂かれた欲望を抱えて生きる現代の女子たちを鮮やかに描く。

●好評既刊
我が闘争
堀江貴文

23歳で起業して以来、世間の注目を浴び続けた時代の寵児は、やがて「拝金主義者」というレッテルを貼られ、突然の逮捕で奈落の底へ——。納得できないことと闘い続けた著者の壮絶な半生。

●好評既刊
もしもパワハラ上司がドラゴンにさらわれたら
蒼月海里

パワハラ上司がドラゴンにさらわれ、人間のストレスが生み出す魔物で新宿駅はダンジョン化!? 毒舌イケメン剣士ニコライとブラック企業のヘタリーマン浩一は、上司を無事に連れ戻せるのか？

●好評既刊
露西亜の時間旅行者
クラーク巴里探偵録2
三木笙子

弟を喪った晴彦は、料理の腕を買われパリ巡業中の曲芸一座の名番頭・孝介の下で再び働き始めた。頭脳明晰だが無愛想な孝介をひたむきに支え、贔屓筋から頼まれた難事件の解決に乗り出す。